講談社文庫

檸檬の棘

黒木 渚

講談社

目次

檸檬の棘

種

　ふと目を覚ますと、ベッドルームの床に父の頭が転がっていた。

「怖い」と思うまえに、どん、と心臓が脈打って反射的に飛び起きる。私の叫び声は真夜中の鉄筋コンクリートに打ち返されて耳鳴りのようにしばらく響いた。

　頭だけになった父は、暗がりの奥から虚ろにこちらを見ている。大人の頭にしては一回り小さいような気もするが、そういえば癌も末期になると酷く痩せると聞いたことがある。突き出した頬骨と落ち窪んだ目。父の死に顔だった。

　しかし、暗闇に目が慣れて気付く。それは寝苦しさから自分で蹴落としたブランケットだった。丸いコブを作って床に落ちているものだからこんな錯覚をしてしまったのだ。

思い違いが分かってなおさら怖くなる。幻覚でも本物でも、誰の生首が転がっていても構わない。だが、それが父であることは許されない。それは私の敗北を意味するからだ。

わざわざ父の葬式をすっぽかして焼肉屋へ行き、父の死、父の存在などというくだらないテーマを捨てて豪快に肉を食べ酒を飲み、ただ気持ちよく生きている私は乱れずに進んでこそ美しい。健やかな眠りを父の幻覚に妨(さまた)げられ、もしかしてこれが罪悪感だろうかと思い悩むくらいなら、自然の成り行きになど任せずにさっさと殺しに行けば良かったのだ。

我々が戸籍上の他人となってから実に十年の歳月が過ぎていた。その間、私達に再会の機会は無く、互いに電話のひとつも寄越さない絶縁状態だった。

私は、全ての役割を放棄してよそへ逃げて行った父を徹底的に拒絶しようと決めていた。改心を望んだり、罪を償(つぐな)って欲しいとも思わなかった。

　むしろ、父としても大人としても満足に機能しなかった情けないあの男が、この世界のどこかで性懲りもなく酒を飲み、女を口説いていればいいと思った。そうして酩酊の中でうっかり受精し、生まれてきた子供をまた裏切るのだ。傷ついた子供はやがて私と同じように父を呪うだろう。父にはそういう腐敗した渦の中に生き続けていて欲しかった。

　しかし父は珍しくもない病気であっけなく逝った。末期癌であることを親戚づてに聞いたのは、死の一ヵ月前。積極的な治療はもう意味がないと緩和ケアに入っていることを知った。

　私はなぜか、恨み続ける限り当然父は生きているものだと思っていた。それは想像力の欠如から引き起こされた、ただの思い込みである。そうだった、人間とはこうしてランダムに選ばれて平等に死ぬのだ。

　会いに行け、と色んな人に言われた。親戚にも友人にも恋人にも、とにかく、状況を知っている全ての人が、生きているうちに会いに行けと言った。彼らは、父のためではなく私自身のためにも行くべきだと熱心に説明してくれたが、そういう典型的な後悔が自分に訪れるのだろうかと不思議に思った。

そもそも父の死を確かめに行くことは危険だ。うかつに同情などしてしまったらどうする。この世界の何処かでのうのうと生きている父親を軽蔑することによってのみ、今日まで生きながらえてきたのに。

私はこの瞬間も父が無意味なサイクルを繰り返しているのだと思うと気持ちが安定した。あの人は蜂蜜（はちみつ）の中で溺（おぼ）れるアリだ。馬鹿で強欲でどうしようもない、私の可愛いお父さん。いつか、最後の愛情を振り絞ってとどめを刺しに行こう。その日がくるまで、この強烈な怒りを抱えて美しく生きてゆこうと誓った。

私は自分の中にある殺意が愛しかった。それさえあれば誰よりも強い動機で生きている特別な女の子になれたからだ。

誰にも分からない私だけの不幸。分かってたまるかと叫ぶ私を誰もが賛美せずにはいられなかった。その正真正銘の怒りこそが才能だからだ。

私はいつも窒息しそうな憎しみを抱いて歩きながら、実はその輝きに助けられもしていた。だから、怒れる少女として成長している間も、酒蔵の杜氏（とうじ）のように樽の中の憎悪を守り抜いてきた。濃度を、香りを、温度を変えないようにと、青春のすべてを費やして樽の中を見張っていたのである。熟成した私の怒りは、皆の官能を揺さぶる素晴らしい出来だったから、私はこれまで自分の生き方を肯定することができた。

それなのに、父は自分の命を人質にして一番卑怯な方法で死んでいった。全部台無しだ。

ベッドから起きだして台所へ向かう。ついでに床に転がっていた父の頭を蹴飛ばした。私に向けられた物憂げな視線が崩れる瞬間、父の声ですまん、と聞こえた気がしたが知らないふりをした。

頭の中では、幼い自分の声や、ヒソヒソと囁く同級生達の声、かつての恋人や教師や常連達、母や弟の声が不明瞭に飛び交っている。正気とはなんと鬱陶しい。

ゾルピデムという悪魔じみた名前の薬をシートから一粒押し出して掌（てのひら）に載せた。白くて小さい錠剤はレモンの種に似ていると思う。

幼木

1

二百五十円のソフトクリーム。

ラップに包んで冷凍されていた、作り置きのソフトクリーム。

絞りたてが貰えると思っていた私はみじめな気持ちでラップを剝がし、台無しになったアイスの螺旋をそっと舐めた。一体いつから保存されていたのだろう。黄色く変色した表面にはびっしりと霜が付いており、湿気ったコーンからは古い冷凍庫の匂いがした。でも、それで良かった。柔らかくなくたって構わない。私が知っているソフトクリームとは味も形もかけ離れているけれど、これは紛れもなく父から娘へと与えられたソフトクリームなのである。少なくともこんなことは初めてだった。

今朝、父が突然「ドライブへ行くぞ」と言った。それは誘うというよりも命令するような口調だったので、私には父が家から出る口実を欲しがっているのだと分かった。

父の乗用車にはめったに乗ることができない。ゆったりとした助手席に座らせてもらえることがたまらなく嬉しかった。私は、普段乗っている母の軽自動車とは違う、手触りの良い座席のシートを何度も撫(な)でた。

初めて父と二人きりの外出である。本当ははしゃぎたくてたまらなかったが、浮かれているということを悟られてはいけない気がして黙っていた。これがただのドライブではなく家庭からの逃避だということを私は知っているから。

私達は行くあてもなく海沿いの道をダラダラと走った。そうしているうちに地元民だけが知っている小さな海水浴場へと辿(たど)り着き、なんとなく側(そば)にある喫茶店に立ち寄った。夏休みも過ぎ、閑散とした九月の海で私は父にソフトクリームをねだる。

店のおばちゃんは「あら、良かね。お父さんにアイスば買(こ)うてもろて」とやたらと大きな声で言った。人にそう言われて、にわかに自信が付く。私達はきちんと親子に見えているのだ。私は当たり前のようにアイスを買ってもらえる。アイスを買ってもらえる子供は愛されている。

ソフトクリームを受け取ると私はそのまま海へと歩き出した。どこまで見渡しても人の姿はなく、こぢんまりとした半円状の浜辺には破れたパラソルが一本突き刺さっていた。


波の音は世界がはじっこから崩れてゆくときの音だと思う。


私は濡れた砂と乾いた砂の境目まで歩いて、乾いている側に留まった。何となく、すぐに車に乗って帰ってしまうのは惜しい気がしていた。引き延ばしているうちに、もっとマシなことが起きるかも知れない。

お金を払って出て来た父も後ろからやって来た。二人で砂浜に突っ立ったまま、私は生臭いソフトクリームを舐め、父は煙草を吸った。

「美味しいか」というありふれた一言でいい。父の姿を横目で見ながら、彼が煙を吸ってから吐き出すまでの小さな空白に期待していた。

十歳、夏。私はこの瞬間を出来れば美しく記憶したい。心地よい潮風に吹かれ、コバルトブルーの乱反射を浴びながらソフトクリームの甘さに感謝するような、そういう思い出がなければ、まともな大人にはなれない気がしていた。

父は、短くなった煙草の最後の一吸いを惜しむように吐き出しながら、私のソフトクリームを指差して「高けえな」と言った。

※

十一歳で家を出ると決めた。キッカケは私立中学校からの勧誘だ。当時私が通っていた学習塾に私立中学の教員だという男が訪ねてきたのだ。地方の学習塾を回ってめぼしい生徒に声をかけているらしく、私は別室に呼ばれて話を聞くことになった。

男は田舎ではそうそう見かけない仕立てのよい細身のスーツを着て現れた。体操選手のようにハツラツとした様子で部屋に入ってくると、爽やかに自己紹介をして片手をこちらへ差し出してきた。私はどぎまぎしながらその手を握る。握手したあとに自分の掌を見ると、一枚のコインが載っていた。一瞬、百円玉かと思ったが、よく見ると図柄が違っている。

「それは五セント。アメリカで使われている貨幣です」

男は先週までワシントンに行っていたことや、そこで見た様々なものの話、世界の広さを知ることで人生がどのように変わるかということを話した。熱を帯びた口調で力強く語る男に対し、私はまだ状況がうまく呑み込めない。進学の話だと呼び出されたのに、アメリカの話をされているのはなぜだろう。

「ねえ、栞さんは地元の中学校へ行くつもり？」

男は唐突に尋ねてきた。眉をハの字に下げ、引き締めた唇に薄い笑みをたたえながら私を見つめている。試すような表情だった。

私は地元の中学校へ行くことを想像してみる。それはこの町に暮らす子供達がなんの疑問も持たずに辿ってゆく道筋だ。慣れ親しんだ通学路、小学校の延長線上にある人間関係、古くさい制服、変わりばえしない生活。安心感と引き換えに私は退屈に耐えねばならないだろう。そんなことを考えていると、男は私の返事を待たずに喋り出した。

「その五セントはね、長い時間をかけて人々の手を渡り歩いたうえに、アメリカを飛び出して君のところまでやって来たんだよ。すごいだろう？」

私は頷く。掌の上で鈍く光っているコインに対し、敬意のようなものが芽生えつつあった。コインの表面に刻まれた知らない偉人の横顔を撫でてみる。ようこそ、私のところへ。

「よかったらそれあげるよ。初めて会えた記念としてね。なんだかそのコインと君はよく似ている気がするな」

「いいんですか」

男は微笑みで返事をした。そして、また近いうちに顔を出すから、そのときに答えを聞かせてくれと言った。

男の再来を待つまでもない。私の心はそのときすでに決まっていた。私立受験をして、一人で遠い町へ行こう。

それは小学生の私にとって圧倒的なひらめきだった。

一度思いついてしまうと、もう抗(あらが)えなかった。それは、この土地に留まってはいけないという強迫観念にかわり、私は取り憑(つ)かれたように勉強した。田舎の小学校だったこともあり、中学受験をする子供はほとんどいなかったから、担任の先生も私をどう扱えば良いのかわからず気を使っていた。冬になり試験が近付いて、クラスの中に咳をしている子が居たりすると、もうすぐ大事な試験なのだからと言って、その子ではなく私を早退させたりした。両親も私の意向に反対することなく、遅くまで塾に居残る私に夜食の弁当を持たせたりと、熱心に応援してくれた。その甲斐あって十二歳の春、県外にある私立の中高一貫校に合格したのだった。

全寮制の学校だったが、親元を離れることへの恐怖心はなかった。直感の眩しさにやられて細部がよく見えていなかったのだろうか。一度寮に入ったら高校を卒業するまで六年間は出られないと念を押されても決意は揺るがなかった。

私はもしかして、あの家から逃げ出したかったのだろうか。

今家を出たら、家族みんなで暮らすことはこの先ずっとないかもしれないよ、そう母に言われたときだけ、不吉な予感がしたのを覚えている。あのときの私は感情や言葉よりもっと深い場所で崩壊の兆しを感じとっていたのかもしれない。

父と母と私と弟。四人家族の輪から最初に抜けたのは私だった。そして母が言ったとおり、その後、私達が一緒に暮らすことは二度となかった。

2

「しーちゃんの部屋、良くないものがおるよ」

飛鳥（あすか）ちゃんが見える子だという噂は聞いたことがあった。もちろん見える、というのは、他人には見えないものが見えるという意味だ。霊感というのはそれなりに興味をそそられる話だったが、そういう子に安易に近付いてよいものか私にはわからなかった。飛鳥ちゃんは学年も一つ下の一年生だし、寮の部屋も離れているのでこれまであまり話したことはない。

ところが、今日になって突然彼女の方から接触してきたのだ。食堂で行われる夜の点呼が終わると同時に、飛鳥ちゃんは真っすぐ私のところに近付いてきて「良くないもの」のことを教えてくれた。

「それって幽霊みたいなことなん？」

「ううん、まだうちにもハッキリわからんけど、しーちゃんの部屋の方から感じるんよ」

私を必要以上に怖がらせないためか、飛鳥ちゃんは私の目を見つめながら優しい声でそう告げた。

「ちょっと待って、怖いっちゃけど。そんなん言われたら部屋に帰れんやん。私どうすればいいと？」

「うちが一緒に行って見てあげようか？」

飛鳥ちゃんはそう言うと私の手を取った。それはとても心強い感じがして、私は年下の彼女の腕にしがみつくようにして部屋まで歩いた。

※

約一年前。私が寮に入る前の晩、つまり実家で過ごした最後の夜にも父は帰ってこなかった。いつもそうだ。父は夜になると決まって外へ出ていった。近場にいくつか行きつけの店があり、転々と朝まで飲み歩く。昼間も仕事に出ているから、結局ほとんど家には居ないのだ。物心ついたころからそうだったから父親とはそういうものだと思っていた。

母は、最後の晩餐(ばんさん)にと私の好きなおかずをたくさん作ってくれた。あとで思えば食卓いっぱいのごちそうは口下手な母親なりの餞(はなむけ)だったのだと思う。私はそんな母の寂しさも知らず、明日から別々に暮らすのだという実感さえ持てないまま、いつもどおり夕食を食べいつもどおりに眠った。なにもかもいつもと変わらない夜だった。

寮生活も二年目に入ると、集団で暮らすことにもすっかり慣れる。毎朝食堂に集まって朝食を摂り、食べ終わったら十五分間寮の清掃をして登校。学校から帰ればまた同じ面子で夕食を摂り、夜の点呼を終えたら、学年ごとに共同の風呂に入る。何も考える必要はない。同じ顔ぶれ、同じ日々の繰り返しだ。そして、機械的な生活の一部になることは、家での生活を忘れるということでもあった。

それに気づいて怖くなる。自分の中で確実に薄れつつある家族の存在、家のことを思い出す時間が段々と減っていることへの危機感。私がそうであるように、家族三人も私のことを忘れかけているのではないかと時々不安になった。

あの日、私は二週間ぶりに家に電話を掛けた。

寮の廊下の角には、生徒が自宅に電話できるよう二台の公衆電話が置かれている。夜になると二台の空き具合を窺いながら交代で電話を掛けるのだ。毎晩電話する子もいれば、数日に一度長電話をするという子もいる。

チョコレートが入っていた赤い缶に十円玉をいっぱい貯めていて、それをジャラジャラ鳴らしながら電話へ向かった。ちょうど二台とも空いていて、ラッキーと思ったのを覚えている。大した内容でなくても、親との会話を隣で友達に聞かれるのはなんとなく気恥ずかしい。

家に電話をするのは随分久しぶりだったが、私はいつもそんな感じだった。家族の声が聞きたいと思う日もあったけれど、変わりばえしない学校生活の中でわざわざ報告すべき出来事など滅多に起こらない。何もないのに電話をかけて母親相手に口籠（くちご）もるのも変な気がして、いつも先延ばしにしてしまうのだ。

「元気？」

そう聞いてきた母の声は知らない女の人みたいだった。体の底がスコンと抜けて、大きな風穴が空いているような声なのだ。

悪い予感がした。まだなにも聞かされていないのに、胸のあたりがヒクヒクと痙攣（けいれん）し、体が勝手に嗚咽（おえつ）の準備をはじめる。どうしてだろう、母と娘とは本能的に呼応してしまうことがある。

「お母さんこそ元気なん？」

こんな風に聞き返したのは初めてだった。いつも一方的に様子を尋ねられ、こちらは変わりないと言って電話を切るだけだったから。

「元気よ」

母の声は、焼け野原に吹いた風だった。築いたものも、栄えたものも、すべてが黒こげになったあと、その大地をさらさらと撫でる悲しい風。何もないからかえって潔く、穏やかに疲れきっている。

私の家がまとうこの不穏な空気はなんだろう。私達の家を包み込む、暗くて不透明なもやのようなものは。

それは父の抱えている果てしない孤独かも知れない。私達は紛れもなく血の繋がった親姉弟同士だが、「家族」と言われると父にだけ違和感を感じることがあった。なんとなく異質でしっくりこないような微かな違和感を。

父は人の懐に入り込むのが上手く、簡単に好かれてしまうくせに心の芯があっさりと冷めている。分かってやっているのか、陽気で大胆な言葉とは裏腹に、ふと黙り込んで煙草を吸ったりする摑みどころのなさが余計に人の気を引くのだ。

そのせいか父の周りにはいつも大勢人がいる。特に異性の知り合いが多いことは明白だ。どうしたって孤独を拭えないと分かっていて外の女達を巻き込むのは、せめてもの抵抗なのだろうか。父が、自分に向けられる好意を手繰り寄せて女を引っ張り回し、傍若無人に振舞っていることはなんとなく私にも予想できた。そうしてやっぱり冷え切ったままの芯を自覚して落胆し、時々家に帰ってくる。

都合の良い話だ。父がドラマチックに生きるためだけに私達家族が利用される。派手に飛び回ったあとで羽を休めるための止まり木として。

何も言わずただ同じ場所に立っていろというのか。私は嫌だ。そんな場所には居られない。

※

「いくよ」

飛鳥ちゃんは静かにそう言って私の部屋のドアを開けた。彼女の神妙な表情を見ていると私にはもう扉の向こうに何かが居るとしか思えなかった。叫び声を上げて逃げ出したい衝動をこらえながら飛鳥ちゃんの背中にへばりついて中へと進む。

私は幽霊を見たことがない。それがどんな姿をしているのかも、なんの目的で現れるのかも知らない。そもそも存在自体を疑っているのだが、それが自分の部屋に居ると言われると途端に怖くなった。

しかし同時に、この時がくるのを待っていたような気もする。それは優越感にも似た不思議な感覚だ。

私は見えないものに選ばれたのだ。他の誰でもなく、私が選ばれたことには何か意味があるのかもしれない。少なくとも飛鳥ちゃんがこうして私のところへやってくるほどのことが起きている。

部屋は四畳のワンルームだ。この寮にある全ての部屋が同じ間取りで造られている。

備え付けの家具はベッドと勉強机の二つだけ。私は無骨なパイプベッドを少しでも女の子らしくしたくてピンク色のふとんカバーを掛けている。本当はカーテンの色も統一したいのだが、取り替えが禁止されているのでくすんだベージュ色のままだ。端っこに防火布という赤い文字のタグが縫い付けられていて、それさえなければ、といつも思う。

勉強机は窓から外を見渡せるように配置されている。職員室で使うようなネズミ色のオフィス机だ。金属製なので夏はひんやりと気持ちいいが、寒い時期など引き出しの側面にふくらはぎが触れると跳び上がりそうになる。

この机がどう頑張っても可愛くならないことはわかっているが、一応キャラクターのカレンダーやキラキラした時計などを置いている。サイドの壁にはエッフェル塔や海外モデルのポストカード、ガラスで出来たイルカのネックレスなどをこまごまと飾った。

私だけの空間はここにしかない。この四畳をいかに愛せるかということが、六年間の寮生活を送る上で重要になってくるのだ。

飛鳥ちゃんは、ゆっくりと部屋の中を見回している。そして私に振り返って、しーっと人差し指を唇に当てた。声を出してはいけないのだ。私は息を殺して立ちすくんでいた。「良くないもの」に気付かれたら殺される気がした。

「しーちゃん。これはうち一人じゃ無理かもしれん」

飛鳥ちゃんが声を潜(ひそ)めて言った。眉をひそめた険しい表情から、私は相当な事態であることを覚悟する。もしかするとこの部屋はありとあらゆる亡霊達で充満しているのかも知れない。私には見えずに済んでいるけれど、今、飛鳥ちゃんの目の前にはおぞましい光景が広がっているのではないか。

「どうしたらいいん」

怖くて泣きそうになりながら飛鳥ちゃんの袖口(そでぐち)をしっかりと握りしめ、せめて透明な彼らを肺に吸い込んでしまわないように細々と息をした。

「こっちが五、六人おればなんとかなるかも。ねぇ、しーちゃん、カナちゃんとか美月っちとかも呼んできてくれん?」

「呼んでくるとはよかけど、集まって何するん。私、除霊とかそういうのなんも分からんよ」

「大丈夫。皆は傍におってくれるだけで大丈夫やから。お話しはうちがするけん」

飛び出して仲間の部屋に向かいながら、私は「除霊」と言ったことを後悔した。拒絶的な言葉の響きで彼らを刺激してしまったかも知れない。そのせいでお話しが上手く進まなかったらどうしよう。

今、私の部屋でとんでもないことが起こりつつある。部外者は何人たりとも立ち入ることを許されないこの寮に、未知の存在が入り込んでいるという事件。この場が男子禁制であることを思い、もし彼らに性別があるとして、男だったらまずいのではないかと心配した。寮監からどんな罰を与えられるだろうと想像することは、魑魅魍魎よりも恐ろしい。

小学校を卒業してこの寮に入り、厳格に管理されて暮らしている百人弱の少女達。テレビもない、新聞もない、流行も恋愛もなければ、革命もない。ここには、優秀であるかどうかという価値観しかない。私達は、馬鹿になるという理由で、入学して以降砂糖の入った清涼飲料水さえ禁止されて生きてきたのだ。

私達は、外の世界があることをすっかり忘れている。ただ学校と寮の間をぞろぞろと行き来するだけの、純粋培養の世間知らずどもだ。


今起きていることを、皆にどう説明したらよいのかわからなかったので、それぞれの部屋のドアを叩き、「とにかく来てっちゃ」と強引に集めてきた。彼女達は私の剣幕からなんとなく緊急事態であることを悟ったのだろう、「何、何」と口々に言いながら私の部屋に集まってきた。

呼び出したのは、カナちゃん、美月っち、マルの三人。私と飛鳥ちゃんを入れると全部で五人集まったことになる。ベッドの上に団子になって座った。

飛鳥ちゃんが一人一人の顔をゆっくりと見回しながら話し始める。

「これから、この部屋にある目のついたものを全部一ヵ所に集めて」

目のついたもの、という表現が怖かった。マルが、

「なんでそんなことしやんと?」

と恐ろしげに尋ねると、飛鳥ちゃんは煙を吐くような声で「降ろすため」と答え

た。

背中がゾクゾクする。人一倍恐がりの美月っちは、自分の顔を半分隠すようにして、いやあと小さく悲鳴をあげた。

「目のついたもの、って例えばなに」

そう尋ねると、飛鳥ちゃんは部屋の中を見回し、

「あれとか、あれ、あれも、あとこれも」

と言いながら、ぬいぐるみや壁に貼ってある写真などを指差した。なるほどそういう意味か。

「カナちゃん。部屋に塩持っとらん？」

名指しで聞かれたカナちゃんがびくっと顔を上げた。泣きそうな声で持っていないと答え、でもお姉ちゃんなら持ってるかもと付け加えた。カナちゃんの姉は高等部の二年生でこの寮にいる。

「零時には始めたいけん、急いで」

飛鳥ちゃんがそう言って、準備が始まった。

目のついたものの選別は思ったよりも大変で、例えばペンケースに描かれたキャラクターの目も駄目なのかとか、目を瞑（つむ）っている写真はどうなのかとか、そういう細か

い基準についても飛鳥ちゃんにいちいち確認しながら進めた。

　カナちゃんは塩を調達して戻ってきてからも、ライターや手鏡など色んなものを用意するため何度も他の部屋に走らされていた。災いを避けるには、飛鳥ちゃんの言う通りにするしかないのだ。

　午前零時、準備が整った。ベッドの上には目のついたものが集められ山になっている。その横に並んで飛鳥ちゃんが座った。残りの四人は場所がないので膝を抱えて床に座る。誰一人口を開く者はおらず、全員が飛鳥ちゃんの動向に注目していた。

「じゃあ、今からうちが行ってくるけん。皆はここにおってね」

　飛鳥ちゃんがそう言うと、わりと気の強いマルが、

「何処に行くん。ねえ、飛鳥ちゃん、何する気なん。言ってくれんと怖いんやけ、ちゃんと説明して」

　と問いつめた。それは私達が飛鳥ちゃんに一番聞きたいことだったから、残りの三人もマルの言葉に頷いて加勢する。飛鳥ちゃんだけが何もかも分かっていて、全てを取り仕切っている状況に歯止めをかけたかった。

　飛鳥ちゃんは私達の焦りを見透かしている。薄く微笑んで、「大丈夫」と言った。

そして「皆を代わりにすることはできんけん。うちが行くしかないと」と言いながら

ポニーテールにしていた長い髪を解く。その仕草さえ謎めいていて、私にはもう彼女に逆らう気など起きなかった。

「もし、危なくなったらうちをこっちに呼び戻してね。じゃあいくね」

そう言った瞬間、飛鳥ちゃんは目のついたものの山にぐらりと倒れ込んだ。座ったままお辞儀をするように倒れている姿は、遠い国のお祈りみたいだ。

美月っちはもう泣いていた。隣のカナちゃんの手を握りしめて「やだやだやだやだ」と念仏のように唱え続けている。マルはまだ疑っているのか、少し首を傾げたまま無表情に飛鳥ちゃんを見ていた。

もう止めようという言葉が何度も出掛かったけれど、今止めてしまったら飛鳥ちゃんはどうなるのだろう。こっちの世界とあっちの世界は、押し入れの天井にある穴みたいな感じで繋がっている気がした。そこから飛鳥ちゃんがひょっこり顔を出してあっちの世界を覗いているところなのだ。今邪魔をしたら入り口が閉じてしまうかも知れない。世界のひずみにギロチンされる飛鳥ちゃんを想像して首がうすら寒くなる。頭だけあちらに持っていかれた人間はどうなるのだろう。私は、この世とあの世の境目に引っかかった飛鳥ちゃんが宙ぶらりんのまま生きてゆく姿を想像した。それは死んでしまうことよりも寂しいように思える。

どうしてよいか分からないまま私達は待った。依然として起き上がらない飛鳥ちゃんの体を黙って眺め続けていたが、机の時計に目を移すといつの間にか一時間近く経過している。マルを肘で突き、目線で時計に誘導すると驚いたように「もう一時なん」と小声で聞いてきた。無音を破ったマルの声をキッカケとしてカナちゃんと美月っちもヒソヒソと話し始める。張りつめていた空気がわずかに緩み、私達はそれぞれの内側で考えていたことを一斉に吐き出した。

「このまま飛鳥ちゃんが起きんやったらどうする」

「うそ、まさか死んどらんよね」

「てか、これって取り憑かれとるんかな？」

「え、そうなん？　幽体離脱みたいなことやないと」

「待って待って、怖い」

「うち、小学校の時に霊感ある子から聞いたんやけど、幽霊とかあんまりじっと見過ぎると良くないいち言いよったよ」

「え、そしたら飛鳥ちゃんヤバいっちゃない？」

「危ないよね。もう一時間経ちよんよ。どうする、起こす？」

「ほんと？　勝手に起こして大丈夫と？」

そうやって意見を出し合っていくうちに、これは私達の手に負えない事態なのではないかという話になった。カナちゃんは大人を呼んでくるべきだと言ったが、大人というのはつまり寮監のことだ。そうなると私達には新たな葛藤が生まれるのだった。こうして深夜に集会をしていたことがばれたら一体どれほど叱られるだろう。点呼後の部屋の移動は固く禁じられている。

しかし、飛鳥ちゃんをこのままにもしておけない。もしかすると私達が気付いていないだけで、彼女はずっと助けてくれと合図を出しているのかも知れなかった。音も光もない亜空間のような場所から必死に叫んでいるのだ。そこはきっと宇宙のように天地の曖昧な場所で、逆さまにぶら下がった飛鳥ちゃんの周りを、足の無い幽霊達が飛び交っている。半透明の白い体を布のように揺らしながら幽霊達が飛んでいる様子は美しいような気がした。

ぼんやりそんなことを考えていると、突然マルが立ち上がった。意を決したように「やっぱ先生呼んでくる」と言い、外へ向かいかけたそのとき、ベッドの上で飛鳥ちゃんの体が激しく跳ねた。

私達は一斉に悲鳴をあげ、本能的な素早さでベッドから遠ざかった。飛鳥ちゃんの体が震えている。震えながら大きく上下にうねる背中は吐き気に耐えているようにも見えた。そして低い唸り声に混ざったいくつかの言葉。私達は必死に意味を摑もうとする。

「たすけて」

再び悲鳴があがった。美月っちとカナちゃんは甲高い声で喚（わめ）きながら互いの体を引き寄せ合ってうずくまり、一つの石になってしまった。こわいこわい、と泣いている。

「たすけて」

飛鳥ちゃんが呼んでいる。こっち側に戻してくれと呼んでいるのだ。それなのに、私はこの声が本当に飛鳥ちゃんのものなのかと考えてしまい不安になる。不吉な化け物が、もう死んでしまっている飛鳥ちゃんの亡骸（なきがら）を腹話術のように操（あやつ）って私達を騙（だま）そうとしているのではないか。間違えて手を引いてしまったら、解放の時を待っていた邪悪なものが一気にこちらへとなだれこんでくるような気がした。

こういうときに一番勇敢なのはマルである。三度目の「たすけて」が聞こえた瞬間、思い切ってベッドへ歩み寄り、飛鳥ちゃんの肩を摑んだ。飛鳥ちゃんの名前を呼びながら力強く揺さぶる。それを見て私も我に返り、一緒に声を掛けた。先ほどの迷いを恥ずかしく思う。

うつぶせの飛鳥ちゃんを仰向けにすると、まだ目は開いておらず眉間には深い皺が寄っていた。力なくほどけた唇から呻き声が漏れている。更に大きな声で呼びかけると、地黒だが滑らかな頬の皮膚が片方だけ痙攣して、飛鳥ちゃんは目覚めた。

彼女の蘇生に成功したのだという感動が込み上げて目頭が熱くなる。同時に、もう寮監を呼ばなくても済むのだとホッとした。

私達は飛鳥ちゃんを取り囲んで声をかけ、体をさすったりしながら異変がないことを確認する。飛鳥ちゃんは寝起きのように膜のはった目をしていたが、次第に意識がハッキリしてきたらしく、顔に掛かった髪をゆっくりとかきあげて私を見た。

「しーちゃんの子供とお話ししてきたよ」

「なんそれ……」

「前世でしーちゃんのお腹におった赤ちゃん。女の子よ」

「…………」

「すごく怒っとった」

「え、なんで」

「しーちゃんに堕ろされたけん」

その言葉を聞いて、私以外の三人が息を飲む。誰かが心の中で「人殺し」と言った気がした。私自身も、堕ろす、という言葉の過激さに打ちのめされていた。

中絶の意味は知っている。それが罪深く、悲しい行いであることも。しかし具体的に何をするのかは知らなかった。それは「魔女狩り」と同じくらい遠く、現実味のない言葉だ。まず、妊娠するということを想像できなかった。

私は子宮のことを思う。一年生のカナちゃん以外みんな生理がきていた。知らない間に私達の内側で成熟していた器官。その存在を主張するように熱を帯びて腫れぼったく、憂鬱（ゆううつ）な一週間を連れてくる。あのジクジクした痛み。もしかしてあの痛みが巨大化したものが陣痛なのではないかと思った。

「呪われとるんよ、しーちゃんは」

飛鳥ちゃんがそう言うと、私の隣にいたマルがさっと体を離した。私は反射的に傷つく。

「なんで呪われないかんの。私、何も悪いことしとらんやん」

「だけん、前世のしーちゃんがやったこととたい」

「前世ってなんなん」

「トンネルよ」

「トンネル？」

「うん。一人一本ずつ持っとる長ーいトンネル」

私はまた子宮のことを考える。トンネルを通ってやってきた赤ん坊が、私のお腹に宿ったような気がした。なんと恐ろしい呪いなのだろう。妊娠したら学校はどうすればいいのか。昔、先生とこっそり付き合っていた子が退学になったという噂を思い出した。もし寮を追い出されたら地元に戻るしかない。けれど、どんな顔をして実家に帰れというのか。大きなお腹を抱えたまま知らない街へ追放される自分の姿を想像して涙がこみあげてくる。私は父親のいない赤ん坊を愛せるだろうか。愛し合った男との間に産まれた子供でなければ母性は開花しないのではないかと心配になった。

「大丈夫、うちがちゃんとしてあげる。しーちゃんを許してくれるように頼んであげるけん、泣かんで」

「……うん」

飛鳥ちゃんの他に頼れるものはなかった。美月っちもカナちゃんもマルも、心の中で私の罪を非難し、死んだ赤ん坊に同情しているはずだ。

勉強机の椅子に座らされた私は、合わせ鏡を覗かされたり、塩を振りかけられたりしながらお腹の子の消滅を願った。私は来世もまた同じことを繰り返すだろうか。狭くて長いトンネルのなかで中絶のバトンタッチを続けている私という人間が、どうしようもなくて悲しかった。

　翌日の夜、点呼が行われる食堂に行くと、中等部の子はもちろん高等部の先輩達までもが集まってきて昨夜の出来事を聞きたがった。どうやらカナちゃんがお姉ちゃんに話してしまい、寮中に噂が広まったらしい。ここの生徒は恋愛とオカルトの話題に酷く飢えているのだ。

　囲み取材のようになりながら、美月っちとカナちゃんとマルが皆の質問に答えている。自分達がどれほど恐ろしい体験をしたか、そして飛鳥ちゃんの神秘的な力について事細かに話して聞かせた。私の忌まわしい前世についてもあっさりと暴露され、居心地が悪かった。その反面、飛鳥ちゃんの評価はうなぎ上りである。危険を顧みずに赤ん坊の幽霊と対話し、そのうえ特別な儀式まで行ったのだと。いろんな道具を集めてきて「本格的に」やったのだとカナちゃんが強調する。

　飛鳥ちゃんへの質問が殺到した。何が見えているのか、どんな風に見えているのか、今までどんなものを見てきたのか、誰の前世でもわかるのか、など皆が口々に尋ね、食堂は異常な騒がしさになる。飛鳥ちゃんは控えめに受け答えしていたが、しばらくして全員の声がふっと静まったタイミングで、

「ほら」

と、天井の辺りを見上げながら言った。

弾けるように叫び声があがり、後はもうパニックだった。食堂から逃げ出そうとする子、しゃがみこんでしまう子、隅の方へ固まろうとする子、大声に驚いて飛び退いた子、バラバラの流れがぶつかりあって爆発的な混乱が起こる。誰かのヒステリーが別の誰かを刺激して、悲鳴が上がり続けた。

私は怯える。幽霊が怖いのではない。私にまつわる小さな怪奇話が伝染してゆく速度、その驚異的な成長が怖かった。実体のないものに怯え、半狂乱で逃げ惑うみんなの脆さ。そして飛鳥ちゃんの底知れなさ。

収拾のつかなくなった騒ぎの真ん中で飛鳥ちゃんは女神みたいにふんわりと微笑んでいた。ほっそりとした体、腕も足も枝みたいに細くて、胸元はぺたんこだ。体つきは私とさほど変わらないのに、飛鳥ちゃんの横顔はここにいる誰よりも大人びて見える。私はその横顔を少し離れた場所から眺めながら、みんな飛鳥ちゃんに破滅させられるかもしれないと思った。

騒ぎを聞きつけた寮監が、食堂に飛び込んで来た。

興奮の渦と化している生徒達に向かって、「静かにしろ」「落ち着かんか」と叫んでいるが、その声はキャーキャーという甲高い悲鳴に掻き消されて全く届かない。呼びかけても埒があかないと思ったのか、寮監は身近なところから手当り次第に生徒を捕まえて「黙れ！」「座れ！」と怒鳴りつけた。

やがて寮監が来ていることに気付いて生徒達が静かになりはじめると、彼は食堂の机を両手で思い切り叩き「お前達は一体何を騒ぎよっとか！」と青筋を立てて一喝した。

食堂から逃げていった子達も寮内放送で再招集され、一旦はいつも通りの点呼をすることになった。一人ずつ名前を呼ばれる間も私の足は震え続けている。

寮生がちゃんと揃っていることが確認され、ゴミの出し方に関する注意と、週末の寮内清掃について連絡があった。ひととおり点呼の流れが終わると、寮監は大きくため息をついて、「では、さっきの騒動について」と言った。目の前が真っ暗になる。

説明を迫られた最前列の生徒が簡単に口を割ったので、私達のことはすぐにバレてしまった。点呼が終わってから、寮監は「しばらくここで待っとけ」と私達五人を食堂に残してどこかへ行っていたが、十五分ほどで戻ってくると、寮監室へ移動するようにと促した。誰も口をきかなかったが、皆の顔を見回すと、飛鳥ちゃん以外は拷問部屋に連れて行かれる捕虜のようなひどい顔をしていた。

寮監室の扉を開けると、待っていたのは寮長先生だった。その姿を見た瞬間、顔から血の気が引いていく。

私達は三人掛けのソファに五人で詰めて座った。肩に触れたカナちゃんの体が小刻みに震えている。

「説明してもらおか」

この学校で関西弁を話すのは寮長先生だけである。滅多なことでは寮に顔を出さない人なので、直接話したことのある生徒はほとんどいない。プロレスラーのような体格で、右腕に大きな火傷の跡がある。顔も強面だが、挨拶をしたときに返ってくる「押忍」という声も特徴的で、魚市場の競り人みたいなダミ声である。怖い先生だという評判を聞くまでもない。何もやましいことがなくても、すれ違うだけで緊張してしまう相手だ。

「どうや、丸山。ん？」

名指しで尋ねられたマルは、ハッと姿勢を正して、はい、と返事をしたが、声が擦れている。

「えっと……昨日の夜、点呼が終わったあとに、栞さんに呼ばれて部屋に行きました」

「おい、栞。お前が皆を部屋に集めたのはなんでや？　規則を破るほど大事な用事があったんか？」

先生が私を睨む。正直に話して良いものかと飛鳥ちゃんをチラリと見遣ると、彼女はソファの背もたれにゆったりと身を預けて座っていた。

「あ……飛鳥さんに言われて皆を呼びに行きました」

声が震えてしまう。間違ったことは話していないのに、飛鳥ちゃんを裏切った気分だ。

「ん？　集まっとったのはお前の部屋やないんか？」

「私の部屋です」

「それやのに何で飛鳥が出てくんねん」

「それは……えっと、私の部屋に良くないものがおるって飛鳥ちゃんに言われて、でも五人いればなんとかなるかもって言われて、それで……」

「は？　良くないもん？　なんやそれは。どういうこっちゃ」

「ゆ、幽霊……みたいな？　そんな感じのやつ……なんよね？」

咄嗟に飛鳥ちゃんにパスを出してしまった。卑怯者と思われたかもしれない。

飛鳥ちゃんは会話の外側でひとり遠くを見ているようだったが、背もたれから体を

起こすとゆっくりこちらへと向き直った。そして、色素の薄い綺麗な瞳で真っすぐ先生を見つめながら、

「私、先生と二人でお話ししたい」

と言った。キュッと引き締まった真面目そうな唇に決意が表れている。私達も先生も意表を突かれて驚いた。何か私達には聞かれたくないことがあるのだろうか。不満に思う気持ちもあったが、一対一で話すと言った彼女の度胸に私は何も言えなかった。

「しゃあないな、そしたらまずは飛鳥の話を聞くから、お前達は外で待っといてくれるか」

ため息混じりにそう言った先生の表情や仕草が芝居じみていて、私の中に不信感が芽生(めば)える。

外に出された四人は横並びでしゃがみこんでいた。寮監室前の廊下は湿度が高く蒸し暑い。しっとりと汗ばんだ太ももの質感が不快で早く風呂に入りたかった。

もう二十分ほど待たされているが、一向に呼ばれる気配はない。私は、まだ手を付けていない宿題のことが気になっていた。

「ねえ、知っとる？　飛鳥ちゃん家の話」

突然、美月っちが問いかけてきた。それはとっておきの内緒話をするときのトーンだったので、皆が顔を寄せる。

「誰にも言わんでねって言われたんやけど、飛鳥ちゃんって、結婚する相手がもう決まっとるらしいったい」

「はっ？」

予想外の内容に度肝を抜かれた。恋愛話が好きなマルは、驚きと期待の入り混じった目をしている。一方でカナちゃんは「それ、うちも知っとる」と苦笑いしながら申告した。どうやら飛鳥ちゃんは二人にこの話をして、それぞれに口止めしていたようだ。

「結婚ってどういうこと？　飛鳥ちゃんって彼氏おるん？」

「違う違う！　彼氏とかじゃなくて、許嫁！　なんか小ちゃいときから決まっとったらしいよ。親が勝手に決めたとかで」

「えーっ、なんそれ、漫画やん」

「やろ？　飛鳥ちゃん家って相当な金持ちらしいったい。メイドさんがおるって言いよったもん」

「聞いた聞いた。おじいちゃんの代からずっと金持ちで、家とかうちの学校ぐらいあるって。誕生日プレゼントに馬貰ったことあるらしいよ」

「やばいねそれ、びっくり。バリお嬢様やん」

興奮しながら話す三人に、私はいまいち乗り切れないところがあった。お金持ちとか、許嫁とか、そういうものに憧れている自分を認めたくなかった。羨ましいと思うことは、はしたない。私は私に与えられたものの中で充分幸せにやっています、と自分に言い聞かせてプライドを守る。

美月っちとカナちゃんが言うには、飛鳥ちゃんは結婚を嫌がっているようだった。相手の男の人をどうしても好きになれず悩んでいるのだという。

私は飛鳥ちゃんが不幸せな花嫁になることを想像してみる。真っ白なドレスを着てヴァージンロードに立ち、愛のない未来に向かって、あの透き通った声で「誓います」と言う。全ての人に祝福され、盛大な拍手が贈られるなか、飛鳥ちゃんは自殺願望を悟られないように、にっこりと微笑むのだ。

その頬を伝う涙の美しさに私はまた嫉妬する。飛鳥ちゃんは悲劇の中にいるときでさえ特別だ。彼女にはとっておきの悲しみが用意されている。それはオートクチュールのドレスのように飛鳥ちゃんの体にぴたりと合った極上の物語だ。あまりにも完璧で妬ましい。私の中に敗北感と憧れが混ざり合った新しい感情が生まれる。

一時間以上も待たされたのち、私達は呼び戻された。

「まあ座れや」と促してきた先生の雰囲気が、最初よりも和らいでいる気がした。一方、飛鳥ちゃんは私達が入って行っても、振り向きもせずぼんやり前を向いたままだ。

「ま、結論から言ってやな、悪いのはお前達やわ」

先生は手もみしながらそう告げた。しかしその表情は怒っているわけではなさそうで、どこか面白がっているような、もしくは呆れて笑っているようにも見える。

「あのな、騒ぎ過ぎやねん。お前達はちょっとしたことを大袈裟にワーワー言いふらして、幽霊だ、化け物だゆうて面白おかしく騒いだんやろ。それで自分らで勝手に集団ヒステリー起こしよんねん。違うか？」

決めつけられたことに対して反論したい気持ちはあったが何も言えなかった。飛鳥ちゃんから話を聞いて、おおよそのことは把握できているのかも知れないが、先生はまだちゃんと分かっていないような気がする。一つ一つの流れを正確に伝えたいのに、私はまだ大人を説得できるほどの言葉を持っていなかった。

「ゆっくり話聞いたけどもや。飛鳥はな、小学三年生くらいから少しずついろんなもんに気付き始めて、それで自分がおかしいんやないかとずっと悩み続けてきたんや。想像してみ、人とは違うもんが見えるっちゅうことは、本人からしてみれば怖いことやろ。けどな、それは悪いことちゃう。ものの感じ方は皆バラバラや。お前達はどうしてそれを理解してやらん」

「でも、私達、別に飛鳥ちゃんをいじめたりしてません」

誤解を解くようにマルが主張した。そうだそうだ、と心の中で思う。

「たしかに、いじめではないかもしれんけどな、一歩間違えばそういうことになりかねんぞ、と俺は言っとるんや。悪気はなくても、変わった子ぉやと言いふらされたら、やりづらいやろ。ましてこういうデリケートな話なんやから」

「はあ……」

マルの返事は不服そうだ。唇を尖らせてふてくされた表情をしている。それを見ると先生は、私達の顔を見回しながら、噂話のくだらなさとか、思春期の未熟さについてしばらく話をした。

大人の男に正論めいたことを言われると妙な力強さがある。私達は少しずつ自分達に非があるのではないかと思い始め、最終的には飛鳥ちゃんに謝罪する流れとなった。私達が一人ずつ反省の言葉を述べている間、飛鳥ちゃんは焦点の合わない目で空を見つめたままだった。

　今回の騒動については注意という形で終わらせてやる、と先生は言った。手を動かすのが癖なのか、しきりに指を鳴らしたり、反らせた掌を擦り合わせたりしながら話す。その手つきは、何も無い箱の中から鳩を取り出すマジシャンみたいだ。いつの間にか肝心な部分がすり替わったまま、そして、箱の中身も知らされないまま話が終わろうとしていた。

　先生は本当に飛鳥ちゃんの話を信じたのだろうか。大人にしては、科学や常識で説明できないもののことをあまりにもすんなりと受け入れている気がして引っかかっていた。

「栞、お前も忘れろよ。ええな」

「……はい」

「なんや、なんか言いたいことあるような顔やな」

「いえ、あの、それ。先生の手首……」

「ん？　ああこれか」

　先生は腕を上げてシャツの袖を捲る。太い手首には、透明な石と黒い石で作られた数珠（じゅず）が着けられていた。

「ま、そういうこっちゃ。別に珍しいことやないねん」

と先生は笑った。そして膝をポンと叩いて立ち上がり、「ほなな、勉強せえよ」と言い残し去って行った。


飛鳥ちゃんが自主退学していったのは、それから半年が過ぎたころだった。

自主とはいえ実質的には学校からの退学処分である。他の寮生の部屋から金品を持ち出していたらしい。

その話を聞いて、私ははじめて自分の部屋から貯金箱がなくなっていたことに気が付いた。飛鳥ちゃんが私の部屋に入ったのは、除霊騒ぎのあの夜だけだ。

美月っちとカナちゃんも被害にあっていて、財布の中身を抜かれたり、レターセットやシール、お気に入りのブラジャーまで盗られていたのだという。

そもそも事件が発覚したのも、この二人の手柄だった。私物の紛失事件が頻発しているにも拘わらず、飛鳥ちゃんだけが盗みにあっていないことを不審に思い、彼女が部屋に来ているときにさりげなく机に現金を置いておいたのだという。まんまとトラップに掛かったところを取り押さえて寮監に突き出したらしい。

二人はそのとき飛鳥ちゃんがポケットにねじ込もうとした千円札を見せてくれた。ぐしゃぐしゃに丸まったお札が生々しかった。

「そういえば飛鳥ちゃんのこんなところが怪しかった」、「本当は入学してきたときから悪い子な気がしていた」と観察眼の鋭さを自慢しあう二人を見ながら、生きるというのは疎ましいことだなとぼんやりと思った。

きっと美月っちやカナちゃんには一生わからないだろう。善いとか悪いとか正しいとか間違いとか、そんな曖昧なもので飛鳥ちゃんを測ることはできない。何故なら彼女は、生まれ持った絶対的な才能に従って生きているのだから。


それからしばらく経ったある日、ほとんどの寮生が実家に帰省している土曜の昼間、飛鳥ちゃんの両親が部屋を引き払いに来ているのを見かけた。さすがに本人の姿はなく、寮監の立ち会いのもと、親だけが作業しているようだった。

父親の方は背が低く、異様に赤黒い顔をしている。人工透析をしている親戚のおじさんと同じ顔色だ。農業組合のロゴが入った帽子を被り、皺だらけのポロシャツに灰色の作業ズボン、足元は茶色の便所サンダルだった。

母親は丸々と太っている。ものすごく猫背で、常に俯いているように見える。体形を隠すためなのかワンピースのように丈の長いダウンコートを着ていて、それがかえって大玉のようなシルエットだ。長い髪を後ろひとつに引っつめているが、中途半端な長さの毛がところどころ飛び出していてみすぼらしい印象だった。

二人は飛鳥ちゃんの生活用品をゴミ袋に入れて運び出している。おそらくエントランスの前に停まっていた古い軽トラの荷台に積み込むのだろう。

見てはいけないものを見てしまったと思った。心臓がどくどくと脈打っている。ミイラみたいに干からびた体で、丸めた布団を運んでいる父親が「すいませんね」と媚(こ)びた笑いを寮監に向けたとき、一本しか残っていない前歯が見えた。

私は、自室に戻ってドアを閉める。もしもあれが私の親だったらと考えるとたまらなかった。

飛鳥ちゃんは今回の件で父親に叱られたのだろうか。彼があの貧相な体を震わせて娘を打つところを想像した。すこんと軽い手応えが、盗みを働いた娘の頭を何度も叩(はた)く。歯のない口で怒鳴りつけるかもしれない。不明瞭な怒号は動物の鳴き声のように悲しく響くだろう。彼は娘の犯した罪に打ちのめされている。そして父親としての自分の無力さや威厳のなさ、貧しさにも傷ついているはずだ。

特別な子に憧れるのは簡単だ。飛鳥ちゃんの可愛らしい唇から放たれる言葉は限りなく洗練されていて、私達に色んなことを想像させてくれた。もっと知りたいと思うじれったささえ、本当は最上級の娯楽だった。想像力を吸ってぱんぱんに成長した嘘が飛鳥ちゃんの現実を圧迫して、最後は脇に追いやってしまった。

飛鳥ちゃんは、あの清楚な声で皆を魔法にかけながら、ずっと絶望していたのだ。

3

　早朝五時、寮生達はまだ眠っている。建物全体が深い眠りの中にいるような静けさだ。カーテンの隙間（すきま）から外を見る。春の雨雲はどうしてあんなに汚い色をしているのだろう。灰色と憂鬱を混ぜた色だ。そこから無数に落ちてくる絹のような雨が白い斜線になって全てを打ち消そうとする。

　雨が降ることは、昨夜の頭痛でなんとなく分かっていた。低気圧になると右のこめかみが痛む。心臓の鼓動に合わせて刺すように痛むときは三時間後、締め付けるように鈍く痛むときは大体八時間後に雨が降る。この予報はかなりの精度で当たるのだった。

　寮にはテレビがないので、寮生達には明日の天気を知る術（すべ）がない。私の頭痛は皆の天気予報代わりになっていた。傘を持って行くかどうか、ハンドタオルをもう一枚バッグに入れておくべきか、湿気で髪がうねらないようにスプレーをかけていくべきかなどを決める。それらの選択を私の頭痛が左右しているというのは、邪馬台国の占いみたいだと思った。天とつながった私の前にうやうやしくかしずいている女達。私は自分だけに与えられた特別な力を、出し惜しまずに見せてやる。女達は従う。疑いもせず私に支配されている。そう考えれば、うっとうしいだけの頭痛も悪くないように思えた。

登校の準備をするにはまだ早過ぎるので、ベッドへ戻った。あと二時間もすれば寮生達が起きはじめ、バタバタと朝の支度が始まる。洗面所やトイレが混み合い、挨拶や笑い声に活気づいて寮全体が目覚めるだろう。それまでもう少し眠ろうと思った。

私の知らないところで家族が終わっていた。葛藤もなく、戦いもなく、気付いたときには消えていた。

遠く離れた場所にいた私は何も知らない。最後あの家に漂っていた空気、家族で交わされた会話。別れに至るまでのグラデーション的な悲しみを知らない。私は突然「終わった」という事実を受け取り、そのまま進んで行くしかなかった。

父は私に対して最後になにか言うべきではなかったのだろうか。ごめんとか、元気でやれよとか、一言でもあればその後も違っていたかもしれない。

だが、父は別れの挨拶さえ残さず忽然（こつぜん）と消えてしまった。

それはあまりに唐突な最後だったので、私の怒りや恨みは誰よりも深く激しいものになった。

横になりしばらく目を閉じて雨の音を聞く。こうしていると、布団の中だけが安全な場所に思えてくる。このままヤマネのように気持ちよく眠っていられたらいいのに。丸めた体のカーブに沿った居心地のよい巣穴が、私を外界から隔離してくれるはずだ。

夢を見ながら覚醒しているような浅い意識の中で、ぼんやりと家のことを考える。遠く離れた地元の町にも雨が降っているかも知れない。海の側にある私の家。天気が悪いと海が荒れるから、きっと波の音が聞こえているのだろう。

家族は誰か目を覚ましているだろうか。二階に眠る弟の姿を思い浮かべる。枕や布団を蹴散(けち)らして豪快に寝ている姿。

それから寝室の母。横向きに丸まって眠る細い肩が、微かに上下している。寝室の空気は藍色で、そこに浮かんだベッドは夜明け前の海をさまよう一艘(いっそう)の筏(いかだ)だ。母を乗せたままどこか遠くへ行ってしまいそうで不安になる。

そしてリビングのソファ。そこには誰もいない。白くて大きなソファの座面には父の形をした窪みができている。

目覚まし時計が鳴ったときには、もう学校を休むと決めていた。マルの部屋をノックして、体調不良で休むと寮監に伝えてくれるようにお願いした。三月に入ってからもう何度も頼んでいるから、マルのほうも要領を得ていて、「はいはい了解〜」と、こちらへ振り向きもせず了承してくれた。小さな鏡を覗き込み、短い髪にヘアアイロンをあてている。マルは癖毛が強いから雨の日は念入りに髪を伸ばさなければならないのだ。

休むと決まれば、あと数時間はゆっくりできる。もう一度ベッドに戻り、今度こそ深く眠りたい。

両親が離婚してから、ずっと頭の中で波の音がしている。

夜になり、寮生が寝静まるとひときわ大きくなるので、私は頭の中に鳴り響くその音を朝になるまで聴いていなければならなかった。そうしてうまく眠れなくなってからというもの、学校を休むと決めた日の午前中だけ麻酔をかけられたようにコトリと眠れるときがある。

皆が学校へ行ってしまったあとの静けさに包まれて、段々と明るくなってゆくカーテン越しの光を眺めていると、心から穏やかな気持ちになる。人類最後の生き残りになった私は、ついに自由を手に入れたのだ。

もう何も気にすることはない。誰かに気を使うこともないし、怒られることもない。期末テストの朝、目の下にどす黒いクマをつくったクラスメイト達が「ヤバい、勉強してない」と大騒ぎする茶番にも付き合わなくていい。英語の辞書を一ページ目から読んで、暗記したページから順に破って食えと言われることもない。友達のお母さんがパン教室で習ったスパイス入りの臭いパンを食べなくてもいい。遠回しな悪口に傷付くこともないし、もう誰かを羨まなくてもいい。

朝日に溶かされるように、どろりと眠った。夢よりも深く潜ってゆき、二重になっている意識の底をめくって更に深い場所まで堕ちた。


「栞さん、栞さん」

激しく体を揺さぶられて目を覚ました。私を覗き込んでいる顔が寮母だとわかると、どうして昏睡したまま死なせてくれなかったのかと恨めしく思った。

寮母は「今日はどこが悪いとね」と言いながら舐めるように私の顔を見てくる。それは心配しているというより、欠陥がないか点検している目つきだ。顔が近過ぎて吐き気がする。私の額に手を当てて「熱もない」と言うと、彼女は大きなため息をついた。仮病なのはわかっているぞと言いたげな表情だ。

生徒も寮監も学校へ行っている時間帯は、寮母が留守番をすることになっている。彼女は雇われ管理人のようなものなので、教員ではないし、直接的な学校関係者でもない。近所に住んでいる普通の主婦だ。けれど、こうして欠席者が出た時には、部屋に様子を見にきて学校に連絡を入れたり、必要なら病院に連れていったり、昼食を運んで来たりする。

彼女が寮監や担任と少しでも接点を持っている限り、気を抜いてはならなかった。彼女もそのことがわかっているらしく、生徒に対して寮母という役職以上に権威的に振る舞うのだった。

今年に入って休みが多い私のことを、彼女はきっとブラックリストに入れているだろう。今のところはまだ、懐疑的な視線やちょっと厭味を言われる程度で済んでいるが、頭痛とか腹痛という抽象的な不調に逃げるのもそろそろ限界かも知れない。

なにより一番恐ろしいのは、彼女が担任の名前を口にすることだった。彼女が「先生にどう説明しようかねえ」と悩むふりをしているとき、私は媚びた目をしていなければならない。自分が弱者であることを必死に訴えている時間ほど屈辱的なものはなかった。

休んでいる私のことを、できるだけ担任に意識させないで欲しかった。不在とはもともとさりげないものなのだから、何も気にせず、教室に居る人々だけで日常を過ごしてくれればいい。もし担任が私のことを気にして家に連絡されたらおしまいだ。仮病を使ってまで休んでいると知ったら、母はなにを思うだろう。

私の家族は壊れたばかりなのだ。飛び散って、それぞれの場所で絶望している。だから今はこれ以上触れないで欲しかった。

寮母がなにか言っている。調子がよくなったら昼からでも学校に行くように、とかなんとか。

私は「へ」の字に曲がった薄い唇が開いたり閉じたりするのを眺めていた。顔色をよくみせるためだろうか、いつもカリフォルニアオレンジのような色の口紅を塗っている。唇だけが仮装のように非日常なのだ。皮膚に切り込みを入れただけのような細い一重の目と、子供みたいに小さい鼻。おびただしい数のそばかす。それから恐ろしく時代遅れな丸眼鏡。この眼鏡は寮生達に「種田(たねだ)山頭火(さんとうか)」と揶揄(やゆ)されることもあった。

「じゃあ、お昼が届いたら持ってくるけん。薬は要るとね？」

モスグリーンのエプロンのポケットに両手を突っ込んだまま寮母が聞いてきた。どうやら、いつのまにか小言は終わっていたようだ。昼食を注文してくれるということは、午後から登校しろと追い出される可能性も低いだろう。一日休めると分かると、にわかに嬉しくなった。

薬はあると断り寮母を追い返すと、私は再びあの幸せな静寂に帰ることができた。雨はもう止んでいて、朝よりもっと静けさを味わうことができる。

みんな死んでくれ、と思った。生きているものはみんな死んで静かにしていてほしかった。そう考えて、一人だけ生きていてもいい人間を思い出す。

私は枕の下にそっと手を差し入れ、小さく折られた一枚の便箋を取り出した。それは飛鳥ちゃんからの手紙だった。

彼女が退学してから三ヵ月ほどが経ったある日、突然私だけに届いた手紙。それは偶然にも私の家族が壊れた時期で、私は彼女がどこからか私のことを見続けていたのかもしれないと思った。

何度も読み返したせいで、折り目が脆くなってしまった便箋をそっと開く。

しーちゃんへ
お久しぶり。元気しとる？

お別れも言えんままだったけん手紙書くことにしました。うちのことはみんなから色々聞いたと思います。しーちゃんのものを勝手にとってごめんなさい。

うちがしーちゃんの貯金箱を持っていったのは、お金に困っとったからやないよ。

五百円玉って鱗みたいで綺麗やろ。うちはあの形とか色とか重さが好きやっただけ。みんなから集めたお金は、全部五百円玉に両替するつもりやった。分かってもらえんかもしれんけど、本当にそれだけよ。

それから、寮長先生と二人でお話しした時のことなんやけど、しーちゃん達を許してもらう代わりに、先生に処女をあげてたんよ。誰にも言わんでね。

ばいばい。

江藤（えとう）　飛鳥

これは、この世で一番信用できる手紙だった。私のお守りであり、心の依り所（よりどころ）でもある。私はこの手紙を肌身はなさず持ち歩いていた。

運命に裏切られなければ世界の本質はわからない。盗むという行為の美しさも、嘘を吐くことの正しさも。絶望には飛び方があるのだ。用法・用量を守って正しく飛ばなければ。

この寮の中でたった一人、飛鳥ちゃんだけがそのことを知っていた。生ぬるい女の子達に囲まれ、腐りそうな日々に耐えながら飛鳥ちゃんは最後まで特別だった。「特別」は誰かに理解された途端に平凡の烙印を押されてしまう。だから、特別を守るためには孤独を貫くしかない。

一瞬、飛鳥ちゃんに父の姿が重なった気がした。言葉一つで他人をコントロールする誑しの才能、変則的で過激な心。自ら世界を見捨てた寂しい目。

昼食が運ばれてきた。

ノックもなしにガチャリとドアが開き、お盆を持った寮母が入ってくる。そしてもう一人、当然のように入り込んできた寮母の娘。まだ四歳くらいの幼い娘だが、既にわがままな性格が顔に出ている。幼稚園や保育園には通っていないらしく、毎日寮母についてきているのだ。母親とそっくりな腫れぼったい一重の目。

ベッドの上に置かれたお盆には、いつも通りうどんが載っていた。寮で休んでいる欠席者に学食から配達されるメニューはうどんと決まっている。

プラスチック製の使い捨て容器に入ったうどんは、汁が零れないようにラップをして輪ゴムがかけられていたが、つゆは麺に吸い尽くされてなくなっていた。ブヨブヨに膨らんだうどんを見ていると、水死体のように思えて食欲が失せる。

「具合は相変わらずね？」

わざとらしく見舞いの態を貫く寮母に、こちらもわざとらしい弱々しさで頷く。口元に手を当てて吐き気もある風を粧った。そんな私を寮母は鼻で笑うと、娘の手を引いてベッドサイドに立たせた。

「レイコちゃん、ママが郵便局から帰るまで、ここでお姉ちゃんと待っとってくれる？」

「えっ」

「お姉ちゃん具合が悪いって。だからママの代わりにレイコちゃんが看護婦さんになってお世話してあげれるかな？」

娘は「できる～」と手をあげた。

信じられない提案だった。子供のお守りで私の午後が台無しにされるなんて絶対に嫌だ。

　こちらは病人なんだということをどのように主張すべきか必死で考える。たとえ嘘だとしても、私が拒否できるポイントはそこにしかなかった。

「あの……ちょっと、頭もすごく痛くて……」

「ほら、レイコちゃん。お姉ちゃん痛い痛いって。レイコちゃんが看病してあげたら治るかもしれんね」

　寮母はもう私と会話するつもりはないようだった。娘に話すふりをしながら、自分には他の仕事があるとか、何かあったら寮監室に連絡するように、ということを告げて去った。

　ドアが閉まり残された娘と二人きりになる。そうして、この最悪な状況が現実であるということを認めざるを得なくなった。

　娘はもうベッドの端に腰掛けていて、盆の上のうどんを覗き込んでいた。ラップの上からぎゅうぎゅうと指を押し付けて麺を触っている。

「ふわふわちょうだい」

「えっ、ふわふわ？」

「うん。レイコちゃんがふわふわ食べたい」

「それなに？」

「これ」

娘はラップ越しに何かを摑もうとしている。それは、うどんの上に載せられた天かすだった。かなりふやけているので、触るたびに崩れていく。

「もう、ぐちゃぐちゃやん」

「でもレイコちゃんが食べたい」

愚図るような声を出して、娘はうどんを弄り続けている。話している間も食べ物から絶対に目を離さない卑しさに、私は嫌悪を通り越して軽くショックを受けていた。浅ましさや品格というのは持って生まれるものだと思う。学校が私立ということもあり、寮生にはお金持ちの家の子も多いが、家柄が良くても意地汚い子はいるし、裕福でなくても高潔な雰囲気の子もいる。

さもしい心を持って生まれた子が体の奥底から染み出してくる本性を隠し切ることは難しい。だから、この子の卑しさはこの子のせいではない。教養や躾ではどうにもならないものなのだ。私はレイコちゃんに深く同情する。

「レイコちゃん、やめたほうがいいと思うよ。もうそれ、マズくなっとるけん」

笑顔を作り、できるだけお姉さんらしく諭す。

「やあだあ！　レイコちゃんのふわふわ、ちょうだい！」

「でも、もう食べれんのよ」

「ねえ〜、ちょうだい、ちょうだい、ちょうだい、ちょうだい、ちょうだい！」

「………」

ほとんど泣きながら娘は「ちょうだい」を連呼し続けた。叫びながら何度も指をラップに突き立て、激しく押している。何度目かでラップは破れ、指はうどんの中にずぽずぽ埋まっていったが、彼女はやめなかった。私がうんと言うまで「ちょうだい」を言い続けるつもりなのだ。

私はたまらずに食べることを許可してしまった。これ以上この光景には耐えられない。お盆ごと娘のほうに押しやると、彼女はお礼も言わずに汁のついた人差し指を舐めていた。

見たこともないような箸の持ち方で娘がうどんを食べている間、その姿を眺めながら、死なせてあげたほうがこの子の為になるんじゃないかと本気で考えていた。

ちょうだい、という言葉を人に言ってはいけない。それがどんなに欲しいものであっても、顔色ひとつ変えずに悠々と通り過ぎなければ。欲しいという気持ちを人に悟られるのは、この世で最も恥ずかしいことだ。

人目も憚(はばか)らず羨望の言葉を口にしたり、泣きながらすがりついたりできる人を私は哀れに思う。一方で、そこまで自尊心をずたぼろにできたらどれだけ楽だろうとも思う。私は複雑な気持ちで彼女を見ていた。

「ねえ、あれ取って」

うどんに飽きた娘が、机の上を指差している。その先にはペン立てがあった。お絵描きでもしたいのかとシャープペンシルを一本取ってやると、それじゃない、とまた愚図り声を出した。どうやら、その中に立ててあるガラスペンのことを言っていたらしい。

触らせたくない、と思ったのは、この子への個人的な感情だけでなく、ガラスペンが思い出の品だったからだ。

小学生時代に一度だけ家族四人で鹿児島へ行った。あれは確か、母が行きつけにしていたスーパーの開業何周年感謝祭みたいなもので引き当てた懸賞旅行だった気がする。

父は最初、私達三人で行ってこいと言った。鹿児島には行ったことがあるし、わざわざ同じ九州を旅するのは面倒くさいと。

食い下がったのは母だった。これまで、この家における全ての行事を母と私と弟の三人でこなしてきた。たった一度くらい家族みんなで旅行した思い出があってもいいはずだと、私達の為に頼んでくれたのだ。父は重い腰を上げて渋々私達に同行した。

本当にあれが一度きり、最初で最後の家族旅行だった。

父は行く先々で煙草を吸い、「ここで待っとるからお前達で見てこい」と結局はいつもの三人で観光したのだけど、それでも気持ちはいつもと全然違った。なんだかんだ言いながら父も案外楽しんでいるような気がした。

その旅行の帰り際、ガラス細工の店に立ち寄った。

透明な天使の置物とか、ガラス製の実ひとつひとつが取り外せるようになっている林檎の木とか、魅力的なものはたくさんあったけれど、気に入ったものをひとつ買っていいと言われて私が選んだのはこのガラスペンだった。

透明な軸の真ん中に一筋のブルーが閉じ込められている。その模様が小さな龍のように見えた。青い龍が空を登って行くときの風を想像すると、なんだか自分も強くなれる気がした。

此の期に及んで父が関わった思い出の品を大事にしているなんてくだらないと思う。だけど、長い間宝物だったこのペンを、私はどうしても捨てられずにいるのだ。

「あれはダメ。ガラスやから危ないと」

「やあだあ！　取って！　レイコちゃんの」

「レイコちゃんのじゃない。あれはお姉ちゃんのやろ？　お願い、大事なものやけん触らんで」

机に向かおうとする彼女の腕を掴んで、近付かないように引き戻そうとすると、突然ドタンと床に座り込んで暴れ始めた。ヒステリックな声で喚きながら、ガラスペンを取れと泣き続ける。

「ねえ、なんでそんななん」

「取って！　取って！　レイコちゃんの！」

「無理って言っとるやん。ちょっと静かにして。そんなに暴れて、パンツ見えとるよ。女の子なのに恥ずかしくないと」

「やあだあ！　あれ欲しい！　取って！」

「ワガママ言うとお母さんに怒られるよ。ねえレイコちゃん、なんでそんなに馬鹿なん」

「バカ！　バカ！　バカはアンタ！」

「じゃあ、レイコちゃんが一番大事にしとるもん出しないよ。交換するなら取ってやるけん」

私がそう言うと、レイコちゃんはピタリと騒ぐのをやめた。大事なものは何か考えているようだ。だらしなく口が開いている。私は彼女の肩に手を掛けて、もう一度レイコちゃんの宝物はなあに、とゆっくり尋ねた。

しばらくして、レイコちゃんは「チャッピー」と答えた。家で飼っている犬の名前だという。

「ねえレイコちゃん。私、チャッピーが欲しい」

彼女は「え」と小さく声を出し、不安そうな目でこちらを見返してきた。私の中でざわざわと黒いものが騒ぎはじめる。

「あのペン、レイコちゃんにあげるけん。チャッピーは私のね。それでいいやろ」

「ダメっ！　チャッピーはダメ！　レイコちゃんの」

「なんで？　そんなのずるいやん。チャッピーちょうだいよ」

「嫌！」

「レイコちゃん。チャッピーちょうだい、ちょうだい、ちょうだい、ちょうだい、ちょうだい、ちょうだい」

機械のように繰り返し続ける私を、青ざめたレイコちゃんが見ていた。私は残酷さを楽しんでいる。相手が幼児だということは関係ない。大切なものを奪い合うとき、私達は皆対等だ。

レイコちゃんが大泣きしながら部屋を出て行くまで、私は「ちょうだい」を言い続けていた。

※

プールサイドから、泳ぐクラスメイト達を見ている。本当はこんな蒸し暑い場所でじっとしているのは嫌だったけれど、他に行く所もないので見学しているしかない。

テントの中には私以外にも二人並んで座っており、一人は生理中で、もう一人は足にギプスをはめていた。小指にヒビが入っているのだそうだ。私にも休むための正当な理由が欲しい。

あの日から、もう学校を休むことはできなくなっていた。四歳の娘がどのように告げ口したかは知らないが、とにかく寮母はものすごい剣幕で私の部屋にやってきて、お前の仮病は分かっている、高い授業料を払ってもらっているくせにズル休みするなら退学しろ、と怒鳴りつけてきたのだった。そして、金輪際娘とは接触してくれるな、と言い残し出ていった。大人は、いつだって自分の言うことを聞けと言うくせに、平気で理不尽な物言いをする。

うちの学校には備え付けのプールが無い。だから、水泳の授業は市の施設を借り切って行われる。学校から少し距離があるので、生徒達はバスで移動しなければならない。プールの度にいちいち大移動するわけにもいかないので、水泳の授業は数回分をまとめて行うことになっていた。だから今日は午後いっぱいプールの時間なのだ。

自由時間に突入し、プール全体が祭のような熱狂に満たされていた。奇声と笑い声が飛び交い、水しぶきの中で、スクール水着のイルカみたいな質感や、ぱんぱんに張った白い太ももが乱れ動く。

眩しさに目を細めつつ眺めていると、じゃれあう女の子達の中に一人だけ規則的な動きをしている子を見つけた。

それは、美しいフォームでクロールしているサトミちゃんだった。ミラー加工のゴーグルを付け、皆のスクール水着とは違う本格的な競泳水着を着ている。私はしばらく彼女を見ていようと思った。

サトミちゃんに水泳の才能があるということは耳にしたことがあった。小学生時代は県下敵無しだったという話も。お父さんが水泳のコーチで、指導熱心な人らしく、小学生なのに体脂肪率の管理までされていたという。

その話を耳にしたとき、私はまず、自分の子供に関心を抱く父親がいるということに驚いた。父が教育に口を出してくるなど、うちでは考えられないことだったからだ。思えば、自転車の乗り方も逆上がりのコツも全部母が教えてくれた。父には宿題を見てもらったことさえない。

サトミちゃんは毎日お父さんに付きっきりで教えてもらっていたという。父親が自分だけを見ているというのはどんな気持ちなのだろう。もしも上手く泳げなくて叩かれたり怒られたりしても、無関心よりはマシかもしれない。お父さんがちゃんと見ていてくれるなら、辛い練習も我慢できるだろう。

だが、うちの学校には水泳部はおろかプールすらなかった。そもそも部活動というもの自体が存在していないのだ。

サトミちゃんをこの学校に進学させたということは、ご両親の意向として水泳よりも大学受験ということなのだろう。

しかし彼女は熱心に勉強するものの、肝心の成績がイマイチなのだ。毎週月曜日に張り出される週テストの順位表では、いつも下から五番目あたりを行ったり来たりしている。負けず嫌いのサトミちゃんが真剣な目で廊下の順位表を睨みつける姿は月曜日の風物詩と言ってもいい。

今、水の中にいるサトミちゃんはクラスメイトの誰よりも優雅だ。周りの子達が起こす波にビクともせず、水を掻いてぐんぐん進んでいく。

「魚みたい」

思わず声に出てしまう。競泳水着のサイドに入った蛍光の黄色いラインも熱帯魚の模様みたいで綺麗だった。

「サトミちゃんのこと？」

隣に座っていた子が尋ねてくる。私がずっと彼女を目で追っていたことに気づいていたらしい。

「水泳習っとったんやろ？　速いよね」

私がそう言うと、隣の子は唇を歪めてにやりと笑った。

「でもサトミちゃん、本当は今日、生理きとるけん」

「えっ」

「うち、授業の前にサトミちゃんとトイレ行ったんよ。そしたらサトミちゃんのとこからガサガサ音がしよったったい。たぶんあれ、タンポン入れとったんやと思う」

誰かに話したくてたまらなかったという顔だ。色々とショックなことが多くて戸惑ってしまう。私はタンポンを使ったことがない。あれは大人の女性が使うものだと聞いていた。私はもう一度プールに目をやり、サトミちゃんを探した。

「ほら、あそこよ。ずーっと泳ぎよる。そこまでして泳げるの威張りたいんかね」

隣の子はクスクス笑った。私はサトミちゃんの股のあたりばかり見てしまう。赤い色を引きずって泳ぐサトミちゃんを想像して身震いした。

「プール、大丈夫なんかな……」

隣の子に尋ねると、その子もタンポンを使ったことはないと言う。彼女には大学生のお姉ちゃんがいるらしく、多少は知識があるようだった。その話から推測するに、おそらくサトミちゃんが血だらけになるようなことはなさそうなのでホッとした。

「バリきも」

隣の彼女は吐き捨てるようにそう言うと、両手でえんがちょのサインを作り、穢れを祓った。

会話が途切れてからも、私は泳ぐサトミちゃんを眺めていた。サトミちゃんが子宮の中に隠し持っている悲劇の種を思う。

赤く染まった水に気付いて、周りの子達が蜘蛛の子を散らすように逃げていく様子。穢れを避ける円形が、サトミちゃんの動きに合わせてプールの中を移動してゆく。円の真ん中で美しいクロールを続けるサトミちゃんはいつまでもそれに気付かない。

担任に呼び止められたのは、長いプール見学を終えて帰りのバスに乗り込もうとしている時だった。担任の車で直接寮まで送ると言われた。クラスメイト達の髪から漂ってくる塩素の匂いに、ちょうど気分が悪くなりかけていたところだった。担任の申し出は、きっと水泳を見学していた私への配慮だろうと思う反面、何か注意されるようなことをしなかったかと最近の行いを振り返った。心当たりは、寮母の娘のことしかない。当初はビクビクしていたが、大人しく登校していれば何も言われないようだったので安心していた。

不眠が続いている私にとって、眠れる場所がないのは辛いことだ。だから、どうしても横になりたいときだけ、週に一、二回ほど保健室に行くようになっていた。

担任が何をどう言ってくるのか、そしてどう答えるべきかを頭の中でシミュレーションしながら車までついて行く。

担任の車は銀色のファミリーワゴンだった。彼はナンバープレートを指差して、

「ほら、これ俺の誕生日なんよ」

と笑った。思ったより柔らかい口調だったのでホッとする。

担任はプールサイドに立っていた格好のまま帰るつもりらしく、膝までの白い海パンにスポーツメーカーのTシャツを着ていた。スーツの時には目にすることのない焼けたふくらはぎを見ながら、四十代にしては引き締まった体つきだと思った。

田園を貫く長い道を走りながら、私は車内の静けさをどう解釈すべきか悩んだ。両サイドに広がる緑は、太陽に照らされてやたらとくっきりしている。空も合成写真のように青くて、あの積乱雲もきっと偽物だと思った。

「なんか音楽かける？　栞、好きな歌手は？」

まるで友達みたいに話しかけられて、先生まで偽者なのだろうかと疑ってしまう。この学校で、教師と歌手の話をするなどあり得ないことだった。今、世の中にどんな曲が流れているかなんて私達は知りもしない。それでも、こうして沈黙しているよりはなにか答えたかった。

「……ショパンです」

「ショパン？」

担任は素っ頓狂な声を上げた。目を丸くしてこちらを見ると、次の瞬間弾けたように大声で笑い始めた。間違えたな、と思ったが、それでも怒られるより笑われたほうがいい。

「栞、お前面白いな。ショパンが好きなんか。ショパンは歌手やないけどな」

「……そうでした。すいません」

「ははは、謝らんでよか。そうかそうかショパンか。どういうところが好きとや」

「……落ち着くところです」

担任はしばらく思い出し笑いを繰り返していた。私には何が面白いのかあまり分からなかった。ショパンが好きなのは本当だし、ショパンの曲にはどれも同じ暗さがあって安らぐのだ。

「なあ栞、寄り道しよか」

突然そう言われ、よく分からないままに「はい」と返事をした。担任はグンとハンドルを回して、寮とは違う方向の道に入った。

周囲に広がっていた田園が、だんだんピーマンの畑に変わり、その次はタバコ畑になり、次々と背の高い植物に移り変わって、最後は林の入り口になった。

木々の中に続く道路は、一応はコンクリートで舗装されているものの、ところどころに大きな穴が空いていて、その度に車体が揺れた。痩せた私の体は、なされるがまま揺すぶられ、ときどきシートの上でぽんっと跳ねた。

担任が、私を庇うように左腕をこちらに突き出した。ダッシュボードにぶつからないように守ってくれているのだ。車が揺れる度に担任の腕が私の胸に当たる。すごく変な気持ちで、どうしていいかわからなかった。

私は背中を丸めてなるべく胸をへこませる。一応は親切でやってくれている行為なのだから、払いのけるわけにもいかない。払いのけたところで、私のほうがいやらしく思われるのも嫌だった。

しばらく不自然な沈黙が続いたが、林が森に変わったころ、担任が路肩に車を寄せて停まった。周囲は杉の木ばかりの一本道だ。杉の木は十メートルくらいの高さで、先端にだけ緑の葉が茂っており、光が遮(さえぎ)られて暗い。どの木も下から中頃あたりまではほとんど枝がなく、電信柱ほどの太さの幹がパルテノン神殿の柱のように等間隔に並んで立っていた。

「聞いたよ。家のこと」

担任は、できるだけ明るく話そうと努めているようだった。口元だけで笑みをつくり、けれど眼差しは真剣だ。

なんだ、と思う。寮母の娘との一件かと思っていたが、そっちの話か。

「一番大変やとは栞よな。振り回されてから」

「いえ……」

「でもな、俺はお前を見捨てんからな。絶対に」

「………」

「ちゃんと見とるけん、お前のこと。今はまだいろいろ悩んどる時期かもしれんし、学校に来るのもきついかもしれんけど。大丈夫やぞ、栞」

担任は私の肩に手を回し力強く引き寄せた。横並びで肩を組んでいるような変な格好だった。

なんだか体の力が抜けてしまった気がした。風船みたいに中身が全部抜けてゆく。陳腐な言葉で励まされる私。安い芝居に使われる私。大人に同情されている私。今、この世界で一番価値のないものは、この私だ。

「栞、見返してやれ。親も、世の中も。今の苦しさをバネにして、頑張れ、な」

「はあ」

「まだ今はゆっくりしとっていいけん。頭も体もしっかり休めて、元気になったら頑張ればいい」

私は黙ったまま俯いた。もう返事をする気もおきない。

「なあ、ちょっと窓開けてみようや」

そう言うと担任は手元のボタンを押して両サイドの窓を開けた。サッと涼しい風が吹き込んでくる。黴臭い和室のような、つんとする匂いがした。

「今の栞に必要なのは、こういう瞬間なんよ。ちょっと足を止めて、緑の中で深呼吸してさ」

さ、という都会かぶれした語尾が鼻につく。

かつて若かりし彼が教員を志すと決めたとき、心に抱いていたイメージ。痛みの分かる熱血教師。今まさに実現されつつある彼の夢。

「栞、ゆっくり息吸ってみ。それからゆーっくり吐いてみ」

「…………」

「おい、大丈夫か？　もうちょい休んでから帰りたかったら、どっかで横になってもいいけんな。先生、どこでも連れてってやるけん」

「ありがとうございます。でも、歩いて帰ります」

私はそう告げると、勢いよくドアを開けて外に飛び出した。そして来た道に向かって、全力で走り出す。担任が後ろで何かを叫んだようだったが、無視して走り続けた。

走りながら、どんどん涙が出てくる。流れるがままにして、とにかく走った。風を受けて後ろに流れた涙が汗と一緒になって滑り落ちていく。熱くて、とめどない悲しみ。森の中を走りながら、獣みたいに吠えた。叫んでも叫んでも届かない。

私はどこへ帰ればいいのだろう。

あの学校に居る生徒は、皆幸せな子供達なのだ。両親に愛されていて、裕福で、毎晩よく眠れて、週末になれば家族が待つ家に帰省してゆく。

あの狭い寮こそが世界の全てだ。百人弱の少女の群こそが世界そのもので、私はそこにいる限り、世界で一番不幸な子供だった。私には、帰る場所もなければ、引き籠もることも、逃げることも許されない。こんなに苦しいなら、神様どうか私を殺して下さい。

※

あの森の奥に何があるかを知ったのは、高校を卒業してからだった。
森の中の一本道を抜けると、遊園地みたいにカラフルな建物が現れる。
それは、人目につかないよう森に隠された田舎のラブホテルだった。

4

聖書には、「父なる神」という言葉が出てくる。

学校では毎朝お祈りの時間がある。田園とビニルハウスに囲まれた田舎の学校のくせに、カトリック系のお嬢様学校を気取っているのだ。

実際、周りにクリスチャンの生徒は一人もおらず、お祈りは暗記した文言を早口に唱えるだけの形骸化したものだ。脳ではなく唇に記憶された祈りの言葉は、最初の一文字さえ言ってしまえばあとは自動的に流れ出てくる。

週に一度行われている講堂でのミサも、先生達が聖書を朗読して聞かせるだけのやる気のないものだ。声を揃えてアーメンと唱えたその言葉の意味を知っている者が、あの場に一人でも居るのだろうか。

そのせいで、これまで祈りは宗教的な事柄から一番遠いものに思えていた。それは敬虔な信仰とは程遠く、見栄を張る田舎者の滑稽さ、惰性で繰り返される習慣でしかなかった。

しかし家庭崩壊後は違う。だらだらと祈っている同級生達を見ていると無性に腹が立った。中身のない祈りなどただの侮辱だ。現状に満足しているならはじめから祈るな。たいした苦しみもないくせに救済など求めるな、と。

どこからか私を見ているかもしれない神様、私はあなたのことが信用できません。なぜなら、あなたは「父」だからです。

私には正しい「父」が想像できません、だから神様のことも想像できないのです。私には父が導いてくれるとも思えないし、父に赦(ゆる)されたいとも思いません。ただ、私の祈りは本物です。この学校にいる誰よりも祈りの意味を知っています。私は救いは求めません。自分の願いは自分で叶えます。

けれど、あなたには私のことを知っていて欲しいのです。あなたのせいでめちゃくちゃになってしまった私のことを。

「あの父っていうのは、比喩表現なんやって」

私の部屋に遊びに来ていたマルがそう教えてくれた。超越した存在のことを何と呼べばいいかわからなかったから、人間が持っている言葉の中で一番ニュアンスの近いものを使っているだけなのだと。そのニュアンスが分からんのに、と思う。

　ここのところ、夜の点呼が終わるとマルは私の部屋にやって来る。最近できた彼氏の惚気話をするためだ。

　大量に出ている課題や明日の小テストが気になっている私をよそに、何時間でも居座って彼の話をし続ける。さすがにうんざりしているのだが、角が立たぬよう友人に帰りを促す方法を私は知らない。


　私達の学校は言うまでもなく女子校で、しかもそこらの女子校とは比べものにならないほど厳格で排他的だ。年頃の女の子だからと簡単に彼氏を作れるような環境ではない。異性と出会って恋愛するなんて奇跡に近いことだ。監獄のようなこの寮に暮らし、外出時の所在さえ把握されているような状況下で恋人との関係を維持するためには並々ならぬ努力をせねばならない。

　マルの彼は近くにある県立高校に通っているらしく、この町が地元なのだそうだ。私達と同じ高校三年生でバスケ部、名前はヤスタカ。ヤス君と呼んでいる彼のことを、マルは何でも教えてくれる。

　小豆色の自転車に乗っていること、左耳にピアスを開けた跡があること、たまごのサンドイッチが好きなこと、駅前のドーナツ屋さんでアルバイトしていること、先週初めてキスしたこと。

　マルとヤス君が出会ったのは、四ヵ月前のとある金曜日だった。私達寮生には週末の帰省が許されている。寮に残って休日を過ごすこともできるが、大抵の生徒は毎週末帰省して日曜の夜点呼までに寮に戻るのだった。少しでも早く家に帰りたい子は金曜日の授業が終わると、そのまま駅に向かって電車で実家に帰る。マルも毎週そうしている一人だ。

　その日、夕方の駅舎で電車を待っていたマルに、同じく向かいのベンチに座っていたヤス君が話しかけてきた。マルの制服を見て学校名を尋ねてきたのだという。マルは思わず返事をしてしまった。ヤス君の口調には邪な雰囲気が一切なく、ただ頭に浮かんだ疑問がぽろっと出てしまったという感じだったからだそうだ。

　田舎の電車は少ない。タイミングを間違えると一時間待たされるなんてことはザラにある。そしてようやく電車が来たころには、二人はもう恋に落ちていた。

　何度聞いても不可解だ。一目惚れだというその恋が私にはどうしても軽薄に思えてしまう。そもそも私達は恋に飢えすぎているのだ。そんなささやかな接点さえ運命だと勘違いしてしまうほどに。

　あの日、駅のベンチに座っていたのがマルではなくて別の女の子だったとしてもヤス君は声をかけたのではないか。私にはそんな気がしてならなかった。

「あー、早く週末にならんかな、ヤス君に会いたい。会って、いつもみたいにぎゅーってしてもらいたい」

私のベッドに寝転がり先ほどから同じことばかりを繰り返しているマルに私は「そやね」「いいね」と適当に相槌を打った。恋愛なんてしているとバカになる、夏は受験の天王山やぞ。と言う担任の声が頭に浮かんだ。

「バイト上がりのヤス君に抱きつくと、ドーナツの匂いがするんよ。ココナツみたいな甘い匂い。うち、あの匂い大好き」

「ヤス君のバイト先って駅前やろ？　そんな場所で会って大丈夫なん、あのへん先生達も通るやろ？」

「店の裏やけん大丈夫。路地みたいになっとって、そこに隠れて会いよるけん。でもさあ、正直金曜日しか会えんのは寂しいんよねー、そう思わん？」

マルは私に同調を求めた。恋をすると人は本当にバカになるのかもしれない。

私は、顔も知らないヤス君を想像してみる。甘いドーナツの香りを漂わせて私を抱きしめてくれる男の人。それは少し素敵かもしれない。

女はなんのために恋をするのだろう。多分、打ちのめされるために恋をする。その延長に結婚があり、妊娠があり、女が産まれたらまたふりだしに戻るのだ。

「ねえ、マル。キスって本当にレモンの味がするんかね」

ふと気になっていたことを聞いてみた。マルは私の問いかけに一瞬固まったのちの「マジか」と呟いた。本気かと半笑いで確認されたので、レモンというのがなんらかの喩えであることは理解していると慌てて付け加えた。正しく尋ねるならば「どうしてレモンでなくてはならないのか」かもしれない。

だって、もっと甘くて柔らかい果物のほうが喩えにはふさわしい気がするのだ。

舌を刺す痛みや、両目の奥で破裂する苦味と芳香。ほんの一瞬重ねた唇から、あの感電のようなレモンの震えを受けとるというのだろうか。私がそう言うとマルは余裕たっぷりに笑った。

「しーちゃんもいつかわかるよ。それに、実際してみたらそんなのどうでも良くなると思う」

「なんで」

「だって、キスって癖になるんばい」

「へえ、そうなん。どんな風に」

「一回すると永遠にしたくなるんよ、止まらんの。だけん、うち、ヤス君の顔中にいっぱいキスしてあげた」

「顔中にってどういうこと？」

「え、ほっぺとか瞼とか、とにかく色んなとこ」

そのとき、私は唇ではない場所にするキスがあることを知った。マルは「瞼の中で目玉が動くのがわかるんよ」と笑い、私は彼女がどこか遠いところへ行こうとしているのだと思った。

いずれ私も出会うのだろうか。顔中に口づけたくなるほど愛しい誰かに。その人が私の中にある空白ごと愛してくれますように。

※

十七歳の春、世界が壊れた記念にレモンの木を植えた。

高校が春休みに入り、二週間ほど実家に帰省していたときのことだ。

いくらやっても終わらない課題にうんざりして、休憩がてら海でも見にいこうかと考えていた昼下がりに、ちょうど弟が帰ってきた。ソフトボールの練習に行っていたらしく、ユニフォームの肘や膝が真っ黒に汚れている。

「ちゃんと洗濯機に入れときないよ」

私がそう言うと、弟は返事もせずに脱衣所へと向かった。着替えているらしい弟に、リビングから大きな声で「海行こうや」と誘ったが反応がない。聞こえなかったのかと、もう一度大声で聞いてみたが、それにも返事がなかった。

「ねえ、海行こうってば。ついでにジュース買おう」

痺れを切らして脱衣所を覗き込むと、弟は泣いていた。がっくりと肩を落とし、声も出さず静かに泣いている。

「どうしたん。どっか痛いとね」

驚いて声を掛けると、弟は首を振った。小学校にあがり、特に高学年になってからは泣く姿などほとんど見せなかったのに、一体どうしたというのだ。

弟は、何か言おうとするたびに気持ちが込み上げるらしく、言葉の代わりに涙ばかりが出てきた。

私にはそれが父のことだとわかる。弟の魂が震えていた。その振動には律があり、私の中にも共鳴するものがある。悲しみには周波数があるのだ。

弟は、地面に突き刺さった棒のように、ただ立ったまま泣いていた。向かい合った私も突っ立ったままで、こういうとき普通の姉はどんな言葉をかけてやるのだろうと考えていた。思えば私達がこの家で一緒に暮らしたのは、たったの七年間だ。私は泣いている弟の慰め方さえ分からなくなっていた。

父を見た、と弟は言った。ソフトボールの帰りに偶然見かけたのだという。父の愛車だった白い乗用車がこちらへ向かってくるのに気付き、とっさに手を振ったという。

車が近付いてきて、運転席にはやはり父がいた。そして助手席には見知らぬ少年が乗っていたらしい。弟と同い年くらいの太った男の子だったそうだ。

通り過ぎる直前、確かに父は弟に気付いていたらしい。目が合って、弟が「お父さん！」と叫んだ瞬間、車はグンと加速して通り過ぎて行ったという。

「姉ちゃん。離婚しても、お父さんは僕達のお父さんなんよね」

「まあ、一応はね……」

「雄大（ゆうだい）君の家もお父さんがおらんけど、普通にお父さんと会いよるし、一緒にご飯食べにもいきよるけん。血が繋がっとったら、離婚してもお父さんなんやろ？」

「………」

「僕達がお父さんの本当の子供やろ？」

なんと答えればいいのか分からなかった。上手く言葉を選んで弟を安心させてやることもできず、かといって離婚というものをきちんと説明してやれるほど私自身もわかっていなかったのだ。

父が家を出てから三年。その間、弟は弟なりに状況を理解しようとしてきたはずだ。一方的で曖昧な別れ。それが今日、決定的なものになったのだと思う。

私は、離婚したら互いに遠く離れた場所で暮らすものだと思っていた。別れるということは、もう二度と会えないという覚悟で実行するものだから。

父がまだこの町にいるなんて想像もしていなかった。父は知らない町で暮らし、何もない寒々とした部屋でご飯を食べ、自分で洗濯物を干し、毎晩首を括りたくなる衝動に耐えながらひとりで眠っているはずだった。

どうして苦しんでいないのだろう。

父が、血の繋がらない新しい息子を隣に乗せ、手を振る弟の横をすり抜けた瞬間を想像すると、激しい殺意が湧きおこった。

新しい家族、新しい愛情、新しい幸せ、新しい家、新しい人生。未完成の家庭を放ったらかしたまま、新しい家庭へと手を伸ばす慎みのなさ。残された私達の喪は未だあけず、失われた日々を偲び、父の残像に振り回されながら生きている。

「行くよ」

私は弟の手を引いて家を飛び出した。そのまま駐輪場まで引っ張っていき、後ろからついてくるようにと告げて自転車に乗る。

あらん限りの力を込めてペダルを漕いだ。びゅんびゅんと鞭のような音が耳元で鳴るのを聞きながら、向かい風を切って自転車を走らせた。父が憎い。少年が憎い、少年の母親が憎い。私の弟を悲しませた神様が憎い。

私達二人のあとを真っ黒な怪物が追ってくる。そいつの腹の中は酸性の闇で、飲み込んだものを容赦なく溶かしてしまう。食われたら終わりだ。道徳も秩序も約束もどろどろに溶けた混沌の中で黒い液体として生きていくしかない。

私も弟も走っているあいだ一言も口をきかなかった。何も考えず足の筋肉だけに意識を集中させて必死に漕ぎ続けた。

ホームセンターの屋外に設けてある園芸コーナーに辿り着いたとき、一体何をしに来たのだろうと思った。あまりにも衝動的に飛び出してきたので、そもそも、どこへ向かうのかすら決めていなかったのだ。野菜の苗や鉢植えの花の間をうろうろと歩きながら、あがった息がおさまるのを待った。

「姉ちゃん、何するん？」

弟はどこか不安そうだ。彼の目には私への恐れが現れている。

私は、ふと、この店のどこかにあるはずの鉄パイプを思った。それが、鈍い音とともに父の頭蓋骨に沈む手応え。ざっくりと開かれた父の頭を、何度も何度も殴打するときの高揚感。父は花束のように咲き乱れた頭を下げて謝り続ける。私はかまわず鉄パイプを振り下ろし、彼の謝罪と後悔を木っ端みじんに打ち砕く。謝って欲しいわけでも、戻ってきて欲しいのでもない。解放されたい。

「ねえ、どの木にする」

そう聞くと、弟は混乱した顔で「なん」と言った。私は目の前に並べられた植木を指差す。

「私達が好きな木を買おうや」

「なんで」

「庭に植えるったい。記念樹よ」

「記念樹て？」

「父親に捨てられた記念に木を植えるんよ」

「なんのために」

「忘れんために」

　時が止まったように、弟は数秒停止していた。あんぐり開いていた口が、雪解けのように柔らかく崩れ、次の瞬間にやりと笑う。涙をこらえている瞳と、笑いをこらえている唇がアンバランスで可笑しかった。たぶん、私も同じ顔なのだろう。情けない表情で向かい合った私達は、ホームセンターの軒下に突っ立って互いの滑稽さを笑った。

　弟と私はできるだけ神妙な顔をして植木の間を歩いた。並べられた木をひとつひとつ見てまわり、どの木が記念樹にふさわしいかを吟味した。周りの客達が不思議そうに通り過ぎてゆく。

　他人の視線を感じると、私達はより大袈裟に議論した。腕を組んで首を傾げ、あれはどうだこれはどうだと真剣に話し合うふりをした。

　この虚しさが分かってたまるか。通り過ぎる人々を一人残らず憎んだ。誰にも理解されないことで、この馬鹿げたイベントにかける我々の情熱はますます高まってゆく。

　結局、私達は隅のほうに置かれていたレモンの木を選んだ。他の苗木に比べて明らかに貧相で、病気なのか葉の縁がちりめん状に縮れている。そっぽを向くようにひん曲がった枝には、固くて鋭いトゲが無数に生えていた。私はレモンの木にトゲがあることを初めて知った。そのトゲが素晴らしいと思い、おそらく弟も同じことを思っていた。

鉢を抱えてレジまで持って行くと、店員のおばちゃんに「綺麗なほうと取り替えちゃろか？」と聞かれたが断った。私達はレモンの木が好きなのではない、この木が好きなのだ。

店を出て、駐輪場まで鉢を運んだ。弟のマウンテンバイクにはカゴも荷台もないので、前カゴのある私の自転車に載せて帰ることにする。鉢は案外大きくて上手く安定しなかったが、手で押さえながらならばどうにか運ぶことができそうだった。

私達は病んだレモンの木を掲げながら、自転車を押してゆっくりと家まで歩いた。できそこないの針金細工みたいな枝が視界を遮る。かわいそうに、葉の色も変に黄みがかっているし、植え替えてやったとしてもレモンは一生実らないかもしれない。

私達はこの木が怒っていると知っていた。美しく健康な木々の中で、この木だけが私達に共鳴したのだ。怒りのほかに信用できるものなど何もない。

「姉ちゃん、こうやってのろのろ歩きようと凱旋パレードみたいやね」

「そやね」

「ねえ、凱旋ってなん？」

「勝って帰ってくることよ、堂々と」

「ああね」

私は手を振る。沿道の見えない観客達に。背筋を伸ばし、晴れやかな笑顔で彼らの声援に応える。弟も私の真似をして手を振った。左右を交互に見遣りながら、魂の高潔さを見せつけて歩く。

我々は戦いに敗れた。見知らぬ少年にあっさりと父親を奪われ、なにも守ることができなかった。それでも堂々と胸を張って、壊れたあの家に帰還する。

なんと美しく、寂しいパレードだろう。大きく手を振りながら、沿道に向かってありがとうありがとう、と叫びながら歩いた。弟が声を出して笑う。レモンの木も葉を揺らして笑った。

※

窓を貸してくれ、とマルが言ってきたのは大学受験も迫ってきた九月半ばのことだった。九月十二日の水曜日。ちょうど町の神社で秋の放生会（ほうじょうえ）が始まった日だった。

「しーちゃんの部屋からやったら、ギリギリあのフェンスに降りれると思うんよ」

マルは窓の外を指差しながら言った。私の部屋は二階の一番端っこにある。窓を開ければ外なのだ。寮の周囲はブロック塀と白いフェンスで囲ってあるのだが、ある程度の身長と体力があれば、よじ登ったり降りたりして外へ出ることは可能だろう。

だが、できるからと言って実行するかどうかは別の話だ。

私達は脱走などという発想を抱かぬようによく調教されていた。外の世界には恐ろしいものが山ほどある。ゲームセンター、カットモデルの勧誘、合成甘味料やクラミジア。

この寄宿舎に暮らす生徒達は、外へ飛び出してゆくことを勇敢だとは思わない。それは命知らずな逃亡であり、狂気の沙汰だ。

「もしかしてこの時間に外に行く気なん？」

「うん……ダメ？」

「ねえ、絶対やめたほうがいいって。寮監に見つかったらどうするん。退学になるよ、よくて停学」

「分かっとる。でもヤス君と約束したんよ」

「マル、よく考えたほうがいいよ。ヤス君とは金曜日に駅で会えるんやろ。なんで今じゃないといけんの」

「しーちゃんには彼氏もおらんしわからんやろうね、うちとヤス君がどんだけ会いたいか。ねえ、ヤス君の学校では付き合うのなんて普通のことやし、先生もなんも言わんのよ。カップルで下校するのも、自販機のジュース飲むのも、通学バッグにキーホルダーつけるのも、カラオケ行くのも、うちらが禁止されとることは他の学校じゃひとつも怒られんのよ。おかしいと思わん？」

「ヤス君の学校はそうかもしれんよ。でも、私達が同じことしたらどうなるか分かっとるやろ？　マルがどうしてもしたいとならすればいいけど、私まで巻き込まんでよ。私の部屋の窓から出たのがバレたらどうするん。出るのに成功しても、また戻ってこないかんやろ。それだってまたこの窓から入るんやろ」

友情をとるのか恋人をとるのか。究極の問いをぶつけることでしか彼女を引き止められない。マルは私の言葉を窓辺に立ったまま聞いていた。じっと外を見る姿が妙に凛としていて、私はもうどうやっても彼女を止められないのだと悟る。

「じゃあ、帰りはいいけん。出るだけ出させてよ」

マルは静かに言った。その声には何者も逆らわせないという意思と迫力がある。私は何も言うことができず、逃亡の支度を始めた彼女をただ眺めているしかなかった。

マルは玄関から自分のスニーカーを持ってくると、窓を開けて窓枠に腰掛けながらゆっくりと靴を履いた。

この寮のエントランスは電気錠で管理されている。入り口のドアは明日の朝、寮監室の解除ボタンが押されるまで絶対に開かない。帰る窓のあてもないのに外に出ていこうというのか。

「ごめんね、しーちゃん。もし先生にバレても、うちがここを通ったことは言わんでいいけん」

そう言って、マルは窓の外に飛び降りていった。きっと、私の知っているマルはもう二度と戻ってこない。


あの一件以来、なんとなくマルとは疎遠になってしまった。私が忠告したとおり、マルの脱走は翌朝には寮監の知るところとなり、彼女は二ヵ月の停学および自宅謹慎処分を受けた。

あの日、私は朝まで起きて待っていたのに。マルがいつ戻ってきても良いように、窓の鍵を開けて入れるようにしていた。彼女が出て行く前、私は突き放すようなことを言ったし、マルも私に理解を求めるのは諦めた様子だったけれど、実際に外に出ればどれほど恐ろしいことをしているか分かるだろうと思った。

私達は点呼の時間を過ぎて外を歩いたことなど一度もないのだ。暗くて危険な夜の街に怖気付いて、すぐに帰ってくるはずだった。

翌日の早朝、マルは雨用のパイプを伝って寮の外壁をよじ登ろうとしているところを捕まった。たまたま朝刊を取りに出た向かいの家の人が、壁にへばりついたマルに気付いて、「女子寮に不審者が侵入しようとしている」と通報してしまったらしい。おかげで朝からパトカー二台が寮に来る騒ぎとなってしまった。

マルは自分の部屋の窓を目指して登っていたそうだ。マルの部屋は三階で私の部屋より遥かに到達しづらい場所にある。手こずっているうちに見つかってしまったのだろう。

私は未だにその気まずさを解消できないままでいる。謹慎あけのマルになにかひとこと言えたらよかった。「ごめん」でも「どうだった」でもなんでもいいから。

べつに今でも顔を合わせれば挨拶もするし、食堂で会えば簡単な会話もあるけれど、以前の私達とは、なにかが決定的に変わってしまった。

友情が占めていた場所を恋愛が占めるようになると、女はお互いを必要としなくなる。同じ場所で六年間一緒に暮らしていても、一番寂しいところは女友達には埋められないのだ。

卒業したら、もうマルと会うことはないのかも知れない。いつだって連絡は取れるし、会おうと言えばきっと会えるだろう。けれどなんとなく、一生の別れになる、そんな気がした。

成木

1

父と離れて八年目。私は二十一歳になった。

実家から高速バスで四時間ほどの場所、福岡の博多と小倉の中間あたりにある大学に通いながら、木曜日は家庭教師、土日はスナックで歌っていた。そこは都市部で働く人々のベッドタウンになっているのどかな町で、田舎育ちの私が暮らすにはすべてがちょうどよかった。

バイト先のスナックは歌の好きな老人達が集まる小さな店だった。うたごえ喫茶と呼ぶほうが正しいのかもしれない。年季の入った茶色いソファにずらりと並んで、互いのカラオケを盛り上げあったり、皆で思い出の曲を歌ったりしている。

私はいつも「蘇州夜曲」や「テネシーワルツ」を歌い、チップ代わりのビールをおごってもらいながらマイペースに働いていた。声の大きな酔っ払いは嫌いだが、奨学金で大学に通っている私にとって時給二千円は魅力的だった。

その店には、私と同じ曜日にミキさんという二つ年上の女の人がいた。彼女は私とは違う大学で建築を学んでいるらしい。

私達はリクエストがあれば二人でザ・ピーナッツやピンク・レディーを歌うこともあるが、大抵はそれぞれの持ち歌を交代で歌って聴かせた。ミキさんの一番得意な歌は「天城越え」だった。

ミキさんは美人だ。色が白く肌がとても綺麗で、すっきりと痩せている。胸のあたりまで伸ばした髪にゆるくパーマをかけていて、それを片側に流している。大きな黒目が人懐っこく、涙袋がぷっくりと膨らんでいるので、いつも笑っているように見えた。綺麗なアーチを描いている眉は上下に良く動き、表情豊かだ。受け答えもハキハキしているので店に来る常連達もママも皆がミキさんのことを好いている。

それに、ミキさんはよく気がつくし働き者だ。彼女は毎回お店の開店時間よりも早くに出勤し、酒屋が回収に来るビールケースを前もって裏口に出しておくことや、誰より先にママのワンピースを褒めることを忘れなかった。

ミキさんは私に対してもとにかく優しくて、バイトのたびにちょっとしたお菓子をくれたり、わざわざお客さんの前で私の性格をべた褒めしたり、私の歌に盛大な拍手を贈ってくれたりもした。

だから私はミキさんを邪魔しないようにしていた。お客さんへのおしぼりにもワンテンポ遅れて気付くようにしているし、ママが前髪を切っていても、ミキさんが何も言わなければそのままだ。

「ちょっと、栞ちゃん、ミキちゃんを手伝ってあげて」

私がカウンターでお酒のおかわりを作っているとき、奥の調理スペースからママの声がした。そこはフルーツを切ったり、チーズやおかきをストックしておく棚のある小さなキッチンで、お客さんのいるフロアとはレースの暖簾(のれん)で仕切られている。

入っていくと、勝手口のドアが開いていて、ミキさんがビールサーバー用の樽を一人で中へ運び込もうとしているところだった。樽は三十キロ近くあるので、女の子一人で抱えるには重過ぎる。ママは腰が悪いので、ビールが切れたときはバイトに入っている子達が交換することになっていた。

「ほらほら、栞ちゃん、のんびりしてないでちゃんと気をつけておいてね、いつもミキちゃん一人で運んでるから」

ママは私に手招きしながら、ひどく苛立っている様子だった。本当に使えないわね、という心の声が聞こえた気がする。私が謝りながら走り寄ると、

「ママ、私、大丈夫です。栞ちゃんも忙しそうだったし、しょうがなかったんですよ。全然大丈夫です、全然！」

と、ミキさんが明るい声を出した。そして、私とママに向かって、ボディビルダーのようなポーズで「ほら、私って案外力持ちなんですよ」と笑う。だからどうかその子を責めないでやってくれ、というような空回ったおどけ方だ。

ママは申し訳なさそうにミキさんに謝ってからフロアに出て行った。

「ねえ、ママって過保護だよね」

ミキさんがママを慈しむような口調で言う。私が怒られたことをママの心配性のせいにしようとしているのだ。その言葉には答えずに、私は樽の反対側を持ち上げた。

「ミキさん、樽を交換するときは声掛けてくださいねって、前にも言いませんでしたっけ」

私はじっとミキさんの目を見て言う。そうしながら心の中で、お前の正体を知っているぞ、と念じてみる。ミキさんは、斜め上を見上げながら長い睫毛(まつげ)をパチパチさせ

た。たった今この世に生まれ、初めて世界を見渡しているような表情だ。

「でもホラ、毎回栞ちゃんに手伝ってもらうのも悪いし、私一人でもいけるから全然気にしないで。あれ……でも、もしかして私、気に障ることしちゃったかな」

始めは、ぱっと花咲くように持ち上がっていた眉が、徐々にしなびてゆき、最後のほうでは完璧な困り顔になった。なんと器用な眉だろう。

「いえ、大丈夫です。とりあえず運びましょう」

そっけない口調で私がそう答えると、途端に彼女の顔色が変わり、「ちょっと待って」と樽を降ろして私の腕を掴んだ。

「ごめん、栞ちゃん、本当にごめんなさい。やっぱり何か怒ってるよね？ 私、抜けてるところがあるから、知らないうちにいっぱい迷惑かけてると思うの。ごめんね、ごめんね」

「……いや、別に……謝られるようなことは何もないですけど」

「ごめんなさい、本当にごめんなさい。悪いところがあったらすぐに言って。私、気を付けるから。ああ、もうどうして私いつもこうなんだろう」

ミキさんはとんでもないことをしてしまった、という風に両手で口を覆いながら何度も謝った。目に涙をためてまで謝罪しているくせに、肝心なところにはシラを切り通している。

樽のことばかりではないのだ。団体の予約が入っていることを私に知らせず、先に来て二十人分のメロンを切っておいたり、既に私が掃除していたはずの床を、ママが店にくるタイミングでわざわざ拭き直したりする。

「ミキちゃんは気が利くから」というママの口癖を聞くたびに、お前は鈍いと言われているような気がした。

驚くべきことに、ミキさんは自分の邪悪さに気付いていない。それは、自分の意地の悪さをわきまえている女よりよっぽどタチが悪く、扱いにくかった。

きっと、この得体の知れない気味悪さに共感してくれる人は一人もいないだろう。彼女のことを嫌いなのは世界中で私だけだ。私は寮で暮らしていた中高時代のことをぼんやりと思い出す。高い塀で守られた安全な日々。飛鳥ちゃんが作りあげた完璧な世界が懐かしかった。外の世界はなんと騒々しく、つまらないのだろう。

その日、店を閉めたのは夜の十二時だった。「蛍の光」を歌ってお客を帰らせ、洗い物と売り上げの計算をする。レジのお金をまとめてママに渡すと、そこから八千円ずつ私達にくれた。

日払いのバイトだと金欠にならずに済むのでありがたいが、手持ちがあるとすぐにお酒を飲んでしまうのでほとんど貯まらなかった。

挨拶をして店を出ると、後ろからミキさんが追いかけてきた。

「ねえ、栞ちゃん。このまま駅のとこにラーメン食べに行かない？　私お腹空いちゃった」

私も空腹を感じてはいたが、ミキさんと行くくらいなら一人で行きたかったし、それに今日は恋人と会う約束をしていた。もう近くまで迎えにきているはずだからと言って、私はその誘いを断った。

「えっ、彼氏さんが来るの？　すごーい、会ってみたいなあ、栞ちゃんの彼氏。私、いつもお世話になってるし、ご挨拶させて？」

「そんな……わざわざ挨拶なんてていいですよ」

「だめだめ、私こういうのはちゃんとしておきたいの。それに、私のかわいい栞ちゃんのこと、しっかり守って下さいねって頼まなくちゃ」

ミキさんはまるで私の親友かなにかのように言った。その様子が本当に楽しそうで、彼女の白い前歯が品よく並んでいるのを眺めながら、私は正直、綺麗だなと思う。

押し問答しているうちに、彼が来てしまった。私よりも先にミキさんが気付いてぶんぶんと手を振る。

「こんばんはー！　はじめましてー！」

彼は不思議そうに会釈しながら近付いてきた。何となく状況を察したのか、ポケットに入れていた手を出して、前髪を軽く整えている。私に向かって目だけで「誰？」と聞いてきたが、答える前にミキさんが話し始めた。

「私、栞ちゃんと一緒の曜日に入ってるミキです。建美大学の四年です。栞ちゃんには、とってもとってもお世話になっていて、頭が上がりません。歌も上手だし、気も利くし、こんな素敵な彼氏さんがいるのも納得だなあ！　いやあうらやましいっ」

おどけた口調で語るミキさんに、人見知りの彼が隣でホッとしたのが分かる。

「竹下です。いつも栞がお世話になってます」

「わあー、スーツかっこいいですね。やるなあ栞ちゃん、年上の彼氏さんだ」

ミキさんは私の肩に体をぶつけてきた。そんなに悪い気はしなかったけれど、彼が夜食のコンビニ袋を持っていることに気付いて、お腹が空いているなら三人でラーメンを食べに行きましょうと言い始めたことにはさすがに焦った。

彼がミキさんに心移りするとは思わないが、長時間の接触はなんとなく避けたい。

た。

だが、盛り上がっているミキさんには逆らえず、結局三人で行くことになってしまっ
「やった。いっぱいお話聞いちゃおう」

そう言って上目遣いで彼を見上げたあと、笑顔で振り返ったミキさんの目は、ひんやりと不穏な感じがした。

駅前のラーメン屋はこの時間でもボチボチお客さんが入っている。大学の男友達がたまたまバイトに入っていたので声を掛けると、ミキさんはまるで私の母親みたいに丁寧に挨拶した。

酔っ払いの客を避けて一番奥の席を選んだ。彼とミキさんはラーメンを頼み、私は瓶ビールを注文する。友達が隙をみてこっそり三人分のキムチを出してくれた。ミキさんは、小声を装いながらも厨房へ戻る彼にちゃんと聞こえるように「すごくいい人ね」と言った。

「さてさて。お二人の馴れ初めを聞かせてもらえますでしょうか」

ミキさんは、レンゲをマイクがわりにして記者会見の真似事を始めた。私では喋らないと思ったのか、彼にばかりマイクを向ける。

「別に普通ですよ。俺が四年の時に栞が入学してきて、たまたまサークルが一緒だっ

「ほほう、大学の先輩だったんですか。先輩から見て栞ちゃんはどんな子でしたか」

「え、なんだそれ。はは、照れるな」

「いいじゃないですか。栞ちゃんのどういうところにビビッときたんですか？　教えてくださいよ～」

ミキさんは甘えるように言った。私はキムチを上から一枚ずつ剝がして食べながら、黙ってビールを飲んだ。彼は暫く考えていたが、鼻の頭を掻きながら、

「まあ、栞は難解だから、よく分かんないよね」

と言って笑った。私はそれで満足する。私のことは誰にも分からなくていい。ミキさんにも、ママにも、友達にも。理解できないということをちゃんと分かっている彼だけには「分かった気になる」ことを許しているのだ。

「なあにそれ、つまり二人だけの世界ってことですか？　やだも～ラブラブ～」

ミキさんは恋愛話に盛り上がる女子高生のように、大袈裟に私達をからかった。そして、互いをなんと呼び合っているかとか、二人で旅行に行ったことはあるかとか、どうして私が彼と話すときだけ方言になるのかとか、ありきたりな質問を永遠に繰り返し続けた。

「そういうミキさんは彼氏いないんですか」

質問を遮って聞いてみる。時間が止まったようにぴたりと彼女の動きが止まり、なんとなく気まずい間があいてから、「いる……っちゃいるんだけど」という歯切れの悪い答えが返ってきた。

ビールは二本目がなくなろうとしていた。私は酔いにまかせて、好奇心のままに「どんな人なんですか」と話を繋いだ。その声が思ったよりも意地悪に響いたことに自分でも驚いた。隣に座っている彼がテーブルの下で私を宥めるようにトントンと太ももを叩く。

「うーん、今ちょっとうまくいってなくてね……」

「え？　なにかあったんですか？」

「なんていうか……、少し怒りっぽい人なの。短気っていうか。カッとなると、その……」

「手が出るタイプ？」

「……まあ、そんな感じ。高校から付き合ってるから、もう腐れ縁みたいになってて」

「へえ。でも、殴るようなしょうもない男はやめた方がいいですよ」

彼がまたトントンと叩いた。私は反抗するようにもう一本ビールを頼む。

ミキさんの眉は悲しげに下がっている。瞳は潤んでいるが、口元は微笑んでいて、泣かないように耐えているみたいだった。こういうとき男だったら抱きしめたいと思うのかも知れない。

「でも、近いうちにちゃんと別れようと思ってる。私も二人みたいに幸せになりたいからさ」

ミキさんはそう言うと、何かを諦めたように笑った。

ミキさんがそういう恋愛をしているのは意外だった。店の常連は、ほとんどおじいさんばかりだが、その中でお金を持っていそうな数人と連絡先を交換しているのを知っていた。だから、きっと若い男とも割り切った付き合いをするのだろうと思っていたのに。

ろくでもない男に叩かれたり束縛されたりしているミキさんを想像すると、胸がスッとした。なんだ、世界はちゃんと釣り合いが取れているんじゃないか。

私達は午前一時に解散した。久しぶりに気持ちよく酔っていたので、私は隣を歩く恋人の手を取り、子供のように振り回しながら帰った。

二週間ほど経ったある夜、いつものように彼の家に泊まりに行き、寝る前に二人で晩酌をしていた。

後は寝るだけにして飲む酒は楽しい。脳みそがホルマリン漬けになるくらいアルコールを流し込み、そのままベッドに飛び込んで気絶するように眠りたい。

彼はあまり酒に強くはないが、いつも付き合ってくれる。飲むとすぐに寝てしまうのでつまらない時もあるが、見苦しく酔うこともなければ、急に泣きだしたり、暴れたりすることもない。ただ少しだけ饒舌（じょうぜつ）になる日があった。

普段は無口な彼が、喉元まで真っ赤に染めながらシロクマの地肌の色について話したり、前に付き合っていた子の絶望的なイビキのモノマネをしてくれるのは最高に愉快だった。酔いが回ってゆるゆるになった頭で、くだらないことを笑い合っているとき、この人のことが世界で一番好きだとたしかに思う。

私はできれば彼に酔っていてほしくて、また彼のコップにウイスキーを注ぎ足そうとした。これ以上飲めないとわかっていても、一応は「ありがとう」と受け取るはずの彼が、掌でコップにフタをして「もう大丈夫だから」と言ったとき、違和感に気が付いた。微かに硬化した私への態度。酒で柔らかく弛緩しているはずの頰に、芯が残っているのがわかる。笑いそうなのか泣きそうなのかわからない表情だった。

どうかしたのかと尋ねると、否定はするものの、何かを決めかねているように「うーん」と唸る。学生の頃から、どこかとぼけたような飄々(ひょうひょう)とした人なので、こういうことは珍しかった。

開け放っていたベランダ側の窓から、救急車のサイレンが聞こえる。不安定で耳障りなサイレンより、何故か今はこの部屋の沈黙のほうがうるさい。

彼の様子がいつから変だったのか思い出そうとしてみる。酒を飲み始めてからか、今夜私がここに来てからか、それとも数日前からなのか、もしかしたら出会った頃からかも知れない。自分が今まで彼のことをなにも見ていなかったことに幻滅した。

ふと、別れ話かなあと思う。それなら、もったいぶらずにさっさと切り出してほしかった。このドロドロとした静けさに何の意味があるのだろう。私は樹液に飲まれた虫がゆっくりと窒息し、やがて琥珀になってゆく姿を思い描いた。さようならと言われたら、きちんとさようならと言える準備くらいあるのに。

「栞、お店のお客さんと浮気したっていうのは、嘘だよね」

意を決したように彼が放った言葉は、まるで理解できないものだった。言葉を失っている私を真剣な眼差しで見つめながら彼は続けた。

「本当は言わずにおこうと思ったんだよ。君がそんなことするはずがないから。でも、気付くとそのことばかり考えてしまって。俺、自信がないのかな」

「ちょっと、待って。何の話なん。どっからそういう話が出てきたんか全然わからんちゃけど」

「ミキちゃんが……」

「はあ？　ミキさん？」

私は常連の小金持ちと浮気したことになっていた。

三人でラーメン屋に行ったあの日、私がお手洗いに立った間にミキさんから聞かされたのだという。

「一回きりだから許してやれって言われたよ。酔ってたみたいだしって」

呆れて言葉も出なかった。

ミキさんは彼を絶望させておきながら「もう二度と間違いが起きないように私がちゃんと見張っておきますから、何かあったらいつでも相談してください」と連絡先まで教えたという。

「それで、今の今まで悩んどったん？　私が知らんおじさんと寝たかもしれんと思いながら？　ねえ、それ死ぬほど無駄な時間やったよ」

私は、ミキさんへの怒りを彼にぶつける。どうしてこんなにくだらないことで私が怒らなければならないのだろう。

「ごめんな。ほんとごめん。栞のことは信じてるよ。けど、あの子がこんな嘘つくと思えなくて」

「は？　ミキさんみたいに可愛い子が嘘つくわけないってや？」

「違うよ、栞が浮気してるなんて話をでっちあげても、ミキちゃんには何ひとつ良いことないだろ。こんな嘘つく理由がないじゃん」

全然わかってない、と思った。

ミキさんは自分の顔立ちの良さも笑顔の完璧さも知っている。会話の途中に意味あり気な間を持たせてじっと相手の目を見つめる魔法も、清流のように美しい声の出しかたも全部分かってやっているのだ。

彼女は修道女のように潔癖にふるまいながら、本当は卵を抱えた雌蜘蛛（めすぐも）のように腹の内側にびっしりと悪意を張り付けている。

あっさり騙されてんじゃねえよ。ミキさんがブスだったら迷わず私を信じたくせに。

恋人への気持ちが急激に冷めていくのを感じた。目の前の彼が酷くつまらない男に思えてきて、今すぐ一人になりたいと思う。酔いがどんどん悪いほうに傾いてゆくのが分かった。

　私の表情を見た彼は、慌てて弁解する。

「栞、俺ちゃんと分かってるから。やっぱ言わないほうがよかったな、ごめんな」

　私は何も答えない。

「ミキちゃんも何か怖いよな、意味わかんねえ」

「ねえ、どうしてすぐ私に言わんかったん。怒らんけん、この二週間思っとったこと正直に教えて」

　彼はしばらく困った顔で固まっていたが、渋々本心を話し始めた。

「……疑うとまではいかないけどね、まあ、少し想像はしたかな。だって君は普段からお酒をすごく飲むし、自分で思っているより危なっかしいところがあるし」

「……ふうん」

　私は立ちあがって出ていこうとする。何もかも鬱陶しくてたまらなかった。大声を出しながらどこか高い所から飛び降りたらスッキリしそうなのに。

　彼は私の腕を掴み、強い力で引き寄せた。絶対にこの部屋から出て行かせまいと決めている強さだった。

「帰らせて」

「いやだ」

「帰らせてっちゃ。一人で寝たいけん」

「ダメだよ。こんな風になって、一人で帰せない。なあ、俺らが喧嘩するのは何か違くないか？」

「私、別に怒っとらんよ？」

「それが怖いんだってば。栞、おい、ちゃんと話せって。何考えてるか言ってくれないと分からないんだよ！」

彼は逃れようとする私をソファに押し倒し、ねじ伏せるように抱きしめた。私の肋骨に全体重が掛かっていて苦しい。さっきまで飲んでいたウイスキーの匂いが込み上げてきた。

「吐く」

潰れた声で訴えると、彼はハッとして飛び退いた。私はトイレに走り込み、空っぽになるまで吐く。吐いているのか、泣いているのか分からなかった。

酒を飲むと、父のことが分かる。父の思想や性質、どんな目線で世界を見ていたのか。一人の人間さえ真面目に愛せず、普通に幸せになれないその心理も、手に取るようにわかった。

シラフで生きることは恐ろしい。世界と直面することは自分に自分を突きつけることだからだ。

自分を超越するためには酒を飲むしかない。酩酊してぼやけた感覚ならば、少しは生きることを楽しめる。誰かに優しくしたり、本音で話したり、夢を語ることもできる。

そして、飲んで吐いて、アルコールがすっかり抜ける頃には罪悪感と自己嫌悪で押しつぶされそうになる。もしかして、私だけがくだらないことにこだわり続けているのではないだろうか。父との確執というありきたりな傷を抱えてむずかっている私を、皆が笑っているのではないだろうか。

私はうずくまって嗚咽しながらポケットの中に手を入れた。そして、ぼろぼろになった飛鳥ちゃんの手紙をにぎりしめる。大人になってもこの手紙は私のお守りだ。破れては何度も補強をくり返して、もう原形はない。えんぴつの文字もとっくの昔に消えてしまったが、摩耗した言葉の全てを私は憶えている。

口をゆすいで部屋に戻ると、彼も泣いていた。

「なんで泣きよるん」

二人して馬鹿みたいだと思った。邪悪な女の軽口ひとつでここまでめちゃくちゃになるなんて。彼は「ごめん」と言いながら私を抱きしめて、声を出さずにまた泣いた。ずっとこらえていたものが溢れ出した感じだった。付き合い始めてからずっと私達は一定の距離で見つめ合っている。

誰と付き合っても同じだった。あの人を所有してみようか、という思い付きこそが私にとっての恋だ。

けれどひねくれた私には「ちょうだい」が言えない。大人になり、「欲しい」という言葉に誘惑の香りがあることを知ってもなお、その言葉が言えないのだった。きっと、指についたうどんの汁を下品になめるような女の方が、欲しい男を簡単に手に入れるのだと思う。そんなこと私には一生できそうにない。私はただ体中の棘を逆立ててぶっきらぼうに立っているだけだった。

他人を寄せ付けない私の棘を見て、男達は深読みする。私の冷たさは過去の不幸によるものだと解釈し、自分ならこの子を温かく溶かしてやれるかもしれないと考えた優しい男達。そういう男を抱いているときだけ私も優しくなれた。

だが、酒を飲んで潤っては翌朝元通りに乾いている私をみて男達は悲しむ。明け方、一緒に寝ている布団の中で、「どっか行っちゃいそう」と不安げに私を抱きしめたりした。そう言われると、そうしなくてはならない気がした。私はどこかへ行きたいのかもしれない。

私は彼の背中に手を回してさする。お母さんが子供にするように出来るだけ優しくそうした。言うべき言葉は分かっている。

「ねえ、ちゃんと愛しとるよ」

うんうんと頷く彼を抱きしめながら、「愛してる」という言葉のこんなに卑怯な使い方を知っている自分は、やはり父と血の繋がった娘なのだなと思った。


大学が夏休みに入り、家庭教師先のお宅がしばらく海外旅行に行くというので、私も実家に帰省することにした。

スナックのバイトは、ミキさんのことを聞いてからどうしても行く気にならず、無断欠勤を二回続けたあと、ママに電話して辞めてしまった。恋人とはその一ヵ月後くらいに、「想像力の不一致」という理由で別れた。

実家でゆっくりするのは一年ぶりだったが、家の様子は特に変わっていなかった。むしろ変化がなさすぎて芝居のセットのようにさえ感じる。あの頃を忠実に再現した芝居のセットだ。

庭で揺れる洗濯物、調律の狂ったアップライトピアノ、風通しのよいリビング、小綺麗にまとまったキッチン、家全体を包むひっそりとした寂しさ。私達は長い芝居をしていたのかもしれない。

家族四人で暮らしていたこの家に、今は母と弟が二人で住んでいる。母は昼間働いているし、高校生の弟は夏休みだが毎日部活の練習に出掛けていくので、私が帰省してきたところで昼間は家に一人だった。

昼寝でもしようかと思い、庭に面しているすべての窓を開け放ちリビングのソファに寝転んだ。白いレースのカーテンが風に揺らぎ、その向こうに庭のレモンの木が見える。薄く透けて幽霊のようだと思った。

ぼんやりとレモンの木を見つめながら、母と弟が普段この部屋で食事をとったり、会話しているところを想像してみる。寮のある中学校に入ってから家を出たきりの私には、そういう当たり前の場面がわからなくなっていた。血の繋がった人達と、同じ家に暮らすということ。

ざわざわと懐かしい感覚が蘇ってくる。浅瀬の海に立って沖を眺めている感じに近い。砂浜に足首まで埋まり、このまま砂の中に引き込まれてしまうのではないかと思う。そしてゆっくりと波が引いていく。なぜか自分の体がすーっと後ろへ下がって、世界から置いてけぼりにされるようなあの感覚。

これ以上余計なことを考えないように本を読もうと思った。勢いを付けてソファから飛び起き、壁際の大きな本棚を見てみる。ガラス戸の中には、私と弟が小さい頃に読んでいた児童書や『キュリー夫人』『ライト兄弟』などの伝記がいくつか、『主婦の知恵』と書かれた分厚い教養本、そして全二十二巻の『ブリタニカ国際大百科事典』がずらりと並んでいる。

この百科事典は父が買ってきたものだった。

「お前は勉強が好きやけん」

と、ある日突然持って帰ってきたのだ。

古い洋書のように金の箔が押された二十二冊の大きな百科事典は威風堂々と並んでいて、今まで買ってもらったどんな本よりも立派だった。父は私に期待している。だからこの事典を買い与えてくれたのだ。ここに書いてある知識を全て吸収して誰よりも賢くなろう、そう思った。

後に母から聞いた話では、あの百科事典は父の入っていたゴルフクラブの会員仲間から買わされたものだったらしい。男同士の付き合いだとか言って、どうせ酒の席で安請け合いしたのだろうと。高価なものなので支払いの為にローンまで組まされて、「結局最後のほうは私が払っとったし」と母は笑っていた。

この家から父が消えても、二十二冊の百科事典だけは残っている。それは自然なことに思えた。

「分からんことはここに全部書いてあるけん」

私の脳裏に父の声が蘇る。私は本棚から一巻を引き抜いて久しぶりに開いてみた。百科事典になった父親が、最初に教えてくれる項目は「愛」。

開け放った窓の向こうでさらさらとレモンの葉が揺れた。

2

もう名前も忘れてしまったけれど、小学校のころ近所に三つくらい年下の女の子が住んでいた。その子の一家は、おじいちゃんおばあちゃん夫婦と一緒に大きな二世帯住宅で暮らしていて、私はときどきその家に遊びに行った。

玄関の扉を開けると左手に靴箱があり、その上に金魚鉢が一つある。中には十五センチくらいの大きな金魚が泳いでいた。友達はその金魚をとても可愛がっていて、鉢の前を通るたびに中を覗き込んだり声をかけたりしていた。

掛け合わせがまずいのかひどく不細工な金魚で、顔はでっぷりと太っているのに、体はフナのままの奇妙な姿だった。よその玄関の匂いとグロテスクな金魚が妙に脳裏に焼き付いている。

ある日、その家に遊びに行くと金魚鉢がなくなっていた。

「うろこの間にカビが生えて死んだんよ」

と友達は教えてくれた。そして、お墓を作ってやるつもりだったのだが、物置でスコップを探しているうちに、おばあちゃんが勝手に金魚の死骸を片付けてしまったという話をした。

「ばあちゃん、金魚をどこにやっとったと思う？」

友達はなぞなぞのように問いかけてきた。らんらんと光る瞳が私になにを期待しているのかわからず、ただ「分からん」とだけ答える。彼女は私の耳元に口を寄せて囁いた。

「三角コーナーに捨てちょったんよ」

途端に甲高い声で笑い出した。お腹を押さえて、もう堪らんと言わんばかりに。

私には何が面白いのかよく分からなかった。でも、彼女の家族も三角コーナーの金魚をみて大笑いしたというから、これはきっと面白い話なのだろう。変な子だと思われないように、私も手を叩いて笑った。そうやっているうちに本当に少しだけ面白いような気もした。

その日、家に帰ると、夕食の席に珍しく父がいた。父が飲みに出かけずに家で過ごすなど、年に二、三度あるかないかだ。芋焼酎を飲みながら、つまらなそうに野球中継を見ている。

ふと、父を笑わせてみようと思った。おどけたり変な顔をするのではなく、大人同士がやるように会話の中に冗談を入れたりして。

それで私は昼間の金魚の話をした。友達に聞いた通りの流れをそのまま父に話して聞かせる。最後まで話し終えたあとは、ちゃんと大きな声をあげて笑ってみせた。

父は黙って聞いていたが、しばらくしてようやく口を開き「それは嘘か？」と言った。

予想もしていなかった言葉に、私は返事ができず固まってしまう。どうしてそんなことを聞くのだろう。友達に聞いた話をそのまま話しただけなのに。全部本当のことだし、実際に金魚鉢がなくなっているのだってこの目で見た。

私は長らく、「それは嘘か」という父の問いの意味を消化することができなかった。父の言葉は私の頭の中を漂い続けていたが、思春期の攪拌（かくはん）された心が穏やかになったころに、ゆっくりと降下してゆき、澱（おり）のように底に積もった。

父と私の間にある不信感は仮死状態になったまま、今も私の一番深い場所に沈殿している。

頭の中で行かなくてもよい理由をいくつも考えながら荷造りをした。喪服を持っていなかったので、就活の時に使ったリクルートスーツをバッグに押し込む。

※

ふと、葬式に行くのに白シャツはあんまりかもしれないと思い、ネットで「葬式服装」と調べると、白シャツを着ているような参考写真は一枚もなく、どのモデルも艶のない真っ黒なワンピースを着ていた。

もう一度リクルートスーツを出して、手本の画像と見比べてみる。モデルの着ているワンピースの黒は、漆黒と言えるほど暗い。それに比べると私のスーツは、黒というより濃いグレーだ。とりあえず白シャツはなしにして、せめて黒いブラウスを中に着ようと思うがそれだけで大丈夫なのか不安だった。

ただでさえ肩身の狭い場所に行こうというのに。真っ黒な喪服の人々のなか、場違いに浮いているグレーの私。親族席に座っているカラス達が私を指差して笑う。私のちぐはぐな格好を見て彼らは確信するのだろう。あんなに恥ずかしい子は捨てられて当然だと。

いっそのこと、白い服で行ってみようか。真っ白なワンピースでお焼香をあげ、外国の王女様のように裾をつまんでお辞儀をしてから、優雅に身をひるがえし風のように去るのだ。

馬鹿げた考えばかりが次々と頭に浮かんできた。そもそも父の葬式で何を着るべきかなどと真剣に考えること自体が馬鹿げている。私は一体誰に格好をつけようとしているのだ。

いつだって一方的で自分勝手な父に礼儀を尽くす必要などどこにある。あの人は好きなように生きて好きなように死んでいけばいい。

父が私を捨てたように、私も父を捨てたのだ。それは十代の後半を犠牲にした大掛かりな作業だったが、私は美化された父の面影を否定し、記憶の一つ一つにケチをつけ、時間をかけて父を忘れていった。

そして中高時代を過ごしたあの寄宿舎を飛び出した私は、自由を手に入れて初めて気がついた。自分は不幸に酔っていただけだったということに。三次元に生きる私達の脳が、それ以上の次元を想像できないのと同じで、狭い寮の中にいた私には外界にも不幸が存在するということを想像できなかった。外へ出てみると、世界は私の不幸とは比にならないほど残酷な生い立ちで溢れかえっていた。

家族と一緒に暮らせないことや、ろくでなしの父親を持つことのなにがそんなに悲しかったのだろう。少し変わった境遇のほうが、箔がついていいくらいだ。普通の家に育った人を逆恨みしていた過去の自分が可笑しい。今の私ならば、満ち足りた家庭に育った人にも「それが一番だよ」と心から笑いかけてあげられる。

そして大人になるにつれて、父性への渇望が異性の温もりで十分に補えるということも知った。無条件に甘やかしてくれたり、可愛がってくれる人が欲しいなら、自分で見つければいいだけの話だ。

そうやって色んなことに折り合いをつけながら大人になり、今となっては父を思い出すことも、庭のレモンの木を思い出すことさえほとんどなくなっていた。

※

一昨日の朝、父が死んだ。

職場にかかってきた母からの電話でそれを知り、まるで冗談みたいな軽さで死ぬんだなと思った。

とにかく急いで帰ってきて欲しいと言われたが、電話を切ったあとで、私が行くことに一体なんの意味があるのだろうと思った。

父とは決別してから一度も会っておらず、戸籍上の関係も切れている。血の繋がりはあるとしても、十年も接触がなかったら赤の他人と同じだろう。それに、今更会ったところで本人はもう死んでしまっているのだ。

葬式の喪主や事務的な後始末も、きっと彼の新しい家族がやるだろう。つまり私にできることはなにもないし、そんな義務もないはずだ。


私は必要なものだけを鞄に押し込んで、荒々しく部屋を出た。自分がひどく苛々しているのがわかり、乱されている気がして余計に腹が立った。

駅に着いてから、最初の特急に乗り込んだ。地元の駅までは二時間ほどかかる。とりあえず実家に帰り、母から話を聞こうと思った。

電車が動き出すと、私の中に微かな恐怖心が芽生える。私をあの町へ引き戻そうとするこの力はなんだ。骸骨に開いた眼孔のように暗くて不気味な死者の穴が、私を吸い込もうと待ち構えている気がした。

ちょうど車内販売がやってきたので、缶ビールを二本買って一気に飲んだ。眠くなったらそのまま寝てしまおうと思ったが、折り返してきた売り子をつかまえて更に三本飲んでからも一向に睡魔は訪れない。いくら飲んでも酔えず、むしろどんどん頭が冴えてゆく気がした。

そもそも、父は私に殺されたのではなかったか。十年前、あの寮の中で。寒々しい部屋の中で一人首を吊っていたこともある。鉄パイプで打ちのめされ、レモンの木の根元に転がっていたりもした。父は数えきれないほど死んできたのだ。私の中で何度も。

ちゃんと死んでいるかどうか確かめる必要はあるのだろうか。車窓の景色が高速で移り変わるのを眺めながら、十年の月日をかけて作りあげた芯のようなものが、一瞬で失われてしまう可能性について考えていた。

家に帰ると、母は案外さっぱりした顔をしていた。

久しぶりに帰った私を歓迎するように出迎え、「突然でごめんね」と父の死を謝った。私は「別にお母さんのせいやないし」と笑いつつ、母が平常心を保っていてくれたことに感謝した。

母にはきっと心の準備ができていたのだ。

一家離散する前から、母と弟は物理的にも精神的にも近い場所で父を見続けてきた。

酒に溺れ、まともに家に帰らず、酩酊した頭で筋の通らない悪態を吐き続ける父を辛抱強く観察し、彼に父親としての素質がなかったことを認め、ゆっくりと失望していったのだ。

決別したあとも、派手に遊び歩く父の噂を耳にしたり病気の知らせを受け取ったりしながら、ずっと同じ町で暮らしてきた。

私には到底できない。父の気配を感じながら暮らすということは、「不在という存在」と共に暮らすことだ。この十年、母と弟は諦めにも近い寛大さで不在と一緒に生きてきたのである。

一ヵ月前、癌の知らせを受けたとき、父が老いるという事実や病に伏せているという現状に私は少なからずショックを受けた。私が拒絶という臆病な方法でやり過ごしていたあいだ、現実では相応の時間が経っていたし、それに伴って色んな事情が少しずつ変化していたのだ。

父は、出て行った日の姿のまま、眉間に皺を寄せてセブンスターを吸い、きちんと折り目のついたスラックスを穿いて飲み歩いているはずだった。気持ちよく酔っているときだけにみせる、魅力的なだらしなさ。何もかも捨てて一緒に溶けてしまいたくなるような堕落的な色気。

「最後まで会いに行かんかったね」

と、母が言った。責めるでもなく、私の強情さをからかうように。

「こんなに早いと思わんやったわ。迷ってるうちに死ぬっちゃもん」

母は声を出さずに笑い、手に持っていたコーヒーカップを覗き込みながら、ほんとに早かねえ、と呟いた。コーヒーに映った自分自身と話しているようだった。

「数日前にも連絡きとったんよ。もう何日ももたんやろうから栞に会いたいって」

「何回もしつこいっちゃ」

苦笑いしながらそう言うと、母は少しだけ悲しそうな顔をした。きゅっと痛みをこらえるような切ない顔だった。その表情を見ていると、急に酒が飲みたくなり立ち上がる。台所に向かおうとする私に母が後ろから、

「お母さんの代わりにお線香だけでもあげてきてくれん？　ほら、あっちの家族もあるやろし、お母さんは行けんから」

と言った。私達は、一体誰の話をしているのだろう。死の迫る病床で私に会いたいと言ったのも、その願いを実現できず虚しく死んでいったのも、父ではない別の誰かのことみたいだ。

私は冷蔵庫の中を漁りながら、私が行ったところで向こうの家族が良く思わないのは同じじゃないのかと反論したが、母は「あんた達は血の繋がった子供なんやからいいんよ」と折れなかった。

冷蔵庫の奥に半分残ったワインのボトルを見つけた。コップに注ぎ、母に背を向けて飲みながら、線香はいつあげにいけばいいのかと尋ねる。通夜は明日だが、取り急ぎ今夜にでも行っておいたほうがいいと言われて面食らった。

十年間拒絶してきた父との対峙が、急速に実現されつつある。

父に会ったら何を話すかというシミュレーションは数えきれないほど繰り返してきた。面と向かって彼の欠落を指摘し、父親失格と罵ること。彼が放棄したすべての責任について償いを求めること。母の苦労や弟の不憫さを知らしめ、罪悪感のどん底に突き落とすこと。私の幸せを見せつけ、父親の存在など不要だったと分からせること。

しかし最後にはいつも、父と会うことは自殺行為なのではないのかという虚しい自問が浮かんできて考えることをやめた。私は自分の中に父を住まわせ、理想の悪として大切に育ててきたのだ。心の中にごうごうと燃えあがる火柱がなければ立っているこことさえできない。父という圧倒的な存在に抗っているからこそ私は私でいられるのだ。

　そして、私がぐだぐだと難しく考えているうちに父は死んだ。

　台所の窓から公園が見える。もう日も傾いて遊んでいる子供もいない。私は立ったままワインを飲み、ぼんやりと外を眺めていた。オレンジ色に膨張した太陽が、涙をこらえた瞳のように震えている。

「お母さんは大丈夫なん？」

　窓の外を見ながらそう尋ねた。なんだか母の目を見たら泣いてしまいそうな気がした。振り返らなくても、母が微笑んでいるのが分かる。

「やっぱり少し寂しいもんよ。一度は自分の旦那さんやった人だけん」

　中学の寮から電話をかけたあの日、母は「元気よ」と言った。風の通り抜けるような声で、私に嘘を吐いた。あのとき私はまだ思春期で十四歳の少女だったのだ。なにも知らない潔癖な心で、閉鎖された世界に生きていた。心配をかけまいとする母の優しさに傷つき、家族の重要な問題から遠ざけられているような疎外感さえ抱いた。

　しかし今、母が私のことをひとりの同志としてみてくれているのが分かる。私達は今や大人の女同士であり、共感し合うことができる。男の人と恋をして別れること、愛しながら憎むという矛盾、誰かを待つことの寂しさ、孤独の心地よさ、女という生き物が腹の中に抱えている業について。

私達は、ほんの少しだけ弱さを見せ合ってそれを互いへの慰めとした。

「なんかお父さんに言っとくことある？」

沈んでゆく太陽を見送りながら、母に尋ねた。

「バーカ、っち言っとって」

吹き出したついでにうっかり涙が零れそうになり、慌てて上を向いてワインを飲んだ。


二十時ごろ、仕事から帰ってきた弟と一緒に家を出た。

スーツに着替えて行くべきかと聞くと、急ぎの弔問だし、ちゃんとした通夜は明日なのでこのままでいいだろうと言う。

いつの間にこんなに立派な青年になったのだろう。弟は五つ年下だが、私より早く就職して電気系の会社で働いている。そのせいか話し方や雰囲気が落ち着いて、ずいぶん大人びていた。知らないうちに声変わりして、私の身長を追い抜き、今は横に並ぶと私のほうが妹に見えるくらいだ。七年前、車で通り過ぎた父を見て泣いていた頃からは想像もできないほどたくましい。

庭のレモンの木と同じだ。あんなにひ弱く頼りなかったのに。ねじれた体を雨風に晒されて何度も駄目になりかけた。それでもしぶとく立ち続け、今となっては我が家の庭にしっかりと根付く立派な成木だ。それぞれの枝にはレモンが実る。いくつもいくつも、金色の雫のように美しくぶら下がっている。

この家で育ったレモンの木と弟。互いによく似た二人を私は羨ましく思った。そこには家を出た私にはわからない帰属感のようなものがある。


弟の運転で父の家に向かったが、五分もかからず着いてしまったので驚いた。父はこんなに近くに住んでいたのか。

弟は前からこの家を知っていたようだった。路上駐車された弔問客の車の間に、バックで器用に車体を滑り込ませながら「相変わらず汚ねえ壁やな」と呟いた。

インターフォンを押し、出てきた初老の女性に名前を告げると、彼女はハッと目を見開いた。この人が妻なのだと直感する。

黒い服に身を包み、背中を屈めて上目遣いに私達を見る魔女のような女。値踏みするように私と弟を見る不躾な視線に身震いした。想像していたよりもかなり年をとっていて、病気の犬のように痩せている。

「おあがりください」

私が言いかけたお悔やみの言葉を遮るように彼女は言った。自分から訃報をよこしたくせに、面倒くさいと言わんばかりに短いため息をつく。彼女の口からは、筍（たけのこ）を煮るときの匂いとシナモンを混ぜたような独特の香りが漂ってきた。

部屋に足を踏み入れると、畳の端がぐっと沈み、父がこの女を抱いたときもこの床は不安定に浮き沈みしたのだろうかと思った。父が私達を捨ててまでこの女を選び、小屋のようなこの家で暮らしていたことを思うと、笑ってしまうくらいみじめだった。

数人の先客達が私達を見る。中には見覚えのある父方の伯父もいて、私と弟だと気付くと、気まずそうに会釈しながらこちらへやってきた。

「栞ちゃん、健太（けんた）君、久しぶりやね。えらい大きくなってから、見違えるごた」

私と弟は頭を下げた。伯父さんにもお悔やみの言葉を言うべきか迷っていると、あちらもなにを話せばいいのか戸惑ったらしく、

「まあ、お父さんに線香ばあげちゃって」

と矢継ぎ早に促された。伯父さんの視線の先には、白いバスタオルが一枚広げてあ

る。

恐ろしいことに、その小さなバスタオルの下に父が寝ていたのだ。

気付いたときには動けなくなっていた。こんなに小さな人間がいるものか。父はとても背が高くて、リビングの長いソファに寝転ぶと、いつも足がはみだしていた。分厚くて黄色くなった踵の皮膚と、そこに走る地割れのような亀裂、くるぶしにできた大きな正座胼胝。固くてガサガサした父の足が鮮明に思い出された。

伯父さんがバスタオルをめくる。後ろに立っていた弟がはっと息を飲んだ。私は打ちつけられたように動けない。

そこには小さな流木のような体が横たわっていた。

滑らかな土色の肌。髪の抜け落ちた頭は梨のように小さい。瞼は二つの黒い窪みになり、口元も穴のように奥に引っ込んでいる。高く出っ張った頬骨には皺がなく、そこだけが蜜蠟でできたようにつるりとしていた。

白い浴衣からのぞくあばら骨はサーカスのテントだ。風を受けて骨組みに張り付いている。少女のように細い肩。干涸びて縮んだ手足。なにもかもが信じられないほど小さくて幻想的だった。

弟が「お父さん」と呟き、彼の枕元にひざまずいた途端、それらはすべてが現実になった。バスタオルに包まれたこのちっぽけな死人こそ私達の父であり、十年という途方もない時間をかけて私が呪い続けた人だった。

喉の奥から、ああ、という情けない声が漏れ、足元から粉になるように崩れ落ちた。肺がアコーディオンのように縮んで、それきり空気が吸えなくなってしまう。父が死んでしまった。そう思った瞬間、それ以外なにも考えられない。


父が死んでしまった。


自分にも理由のわからない突然の出来事だった。岸壁にぶち当たった波のように、私の心は飛び散った。私は声をあげて泣く。大きな流れが私を貫いている。下から上へと突き抜けて、中身を全部持っていってしまった。

裂かれた私は内側を開ききったまま泣く。私にはもうなにも残っていなかった。

「姉ちゃん、線香」

弟は耐えるように言った。きっと私があまりにも激しく泣くからだ。ごめんねと言おうとした瞬間、父の落ち窪んだ目が微かに開いているのを見てしまった。

薄く開けた障子の隙間から父はこちらを見ている。死者の世界から恨めしそうに私のことを見ているのだ。瞼の間にみえる濁った白目。上へと追いやられた黒目の縁もわずかに見えている。

私はバスの前方についている回転式の行き先表示器を思い出す。今にも目玉がぐりんと回転して、洞のような黒目が私を見据えるのではないかと思うと恐ろしくてたまらなくなった。行き先は地獄だろう。

弟の肩を引っ摑んで走り出した。あっけにとられて固まっている客達を飛び越えるように外へ出て、後ろから叫ぶあの女も、必死に呼び止めようとする弟のことも振り切って逃げた。逃げて、逃げて、通夜からも葬式からも逃げた。

走りながら、このまま一生逃げ続けることになるだろうなと思った。

※

結局、葬式には弟がひとりで参列した。

弟はちゃんとした喪服を持っていたのだろうか、どうでもいいことが気になった。

私が一昨日やったことが、弟を惨憺たる気持ちにさせたはずだ。向こうの親族や参列者に白い目で見られ、ほら、あれがネジ飛び女の弟だよ、と後ろ指を指されたに違いない。弟が過ごした息の詰まるような時間を思うと胸が張り裂けそうだった。ごめんね。こんな姉ちゃんでごめん。

父に会わなかった本当の理由は、怒りを失うことへの恐れだ。私はまだ傷ついた少女で居たかった。泣きはらした目で大人達を睨みつけ、戦い続けていたい。酸っぱい命を尖らせていないと、私は何者でもなくなってしまう。

死に際の父から、変わり果てた小さな体で許してくれと謝られたら、この十年が一瞬で裏返されてしまったかもしれない。愛のようなものを遺して死なれたら、この先中途半端な優しさをぶらさげてどう生きていけばいいのかわからなかった。

私は大人になっても思春期の心を引きずった腰抜けのままだ。

父が死んで今度こそ本当に家族四人で暮らすことはできなくなってしまった。そんなことわかりきっていたのに、そんなこと、もう望んでもいないのに。

私はシーツを摑んでしがみつくように泣いた。なにかに摑まっていないと墜ちていってしまいそうだった。嗚咽を漏らし、吐きそうなほど喉を痙攣させながら、生まれて初めて、寂しいよう、と声に出して泣いた。本当に寂しかった。いつだって孤独は私の味方だったのに。

葬式に行かないと告げて家を出たとき、諦めたように私を見送った母と弟。庭先まで出てきて、並んで手を振っていた二人の後ろに、あのレモンの木が見えた。人の背丈をとうに追い越して、軒先に届くほど育った私達の記念樹。毎年冬になると大きなレモンをどっさり実らせて私達を驚かせる。たった千二百円の病気持ちの苗木だったのに。

私は横に広がるたくましい枝と、濃い緑の葉を思った。そして、研ぎすまされた美しいトゲを思う。内側から体を突き破るように生え、先端にギリギリの命を宿らせている。私はあの強さに貫かれたのだ。

私は床の上で胎児のように丸くなる。横になったまま膝を抱えて目をつむり、もしこのまま私が死んだら、心臓はコニャックに浸けてあのレモンの木の下に埋めて欲しいと思った。

3

目の前を流れる那珂川（なかがわ）には、さかさまになった中洲（なかす）の街が映っている。煌（きら）びやかなネオンの群。点滅する原色、光る「明太子」の文字、ラブホテルの看板に描かれた虹色のオウム。歓楽街は川面を鏡にしてゆらゆらと浮いていた。対岸の喧騒もぼんやりと遠くて夢のようだ。

川沿いのベンチに座って缶ビールを飲みながら、三途（さんず）の川も案外こんな感じかもしれないと思った。川より向こうは風俗街で、こちら側は飲み屋街。

ポケットに入れていた小銭のなかに五十円玉を見つけて、その穴から向こう岸を覗いた。遠くのものが見たいときは、いつもこうする。小さい穴から覗くと、なぜかくっきりと見えるのだ。

対岸には屋台がずらりと並んでいた。どの店も繁盛しているように見える。

組み立て式のカウンターに肩を並べて座っている酔っ払い、外国人、水商売風の女の子、観光客。裸電球の黄色い光に照らされて誰もが陽気に笑っていた。

ふと、川に面したラブホテルに目が留まる。ひとつだけ窓の開いている部屋があった。他の部屋の窓にはカーテンが引かれているので、明るく開け放たれたその窓だけがひときわ目立っている。私は五十円玉の照準を合わせて、じっくりと覗いた。

チラチラと横切る影を観察するかぎり、あの部屋には少なくとも三人の人間がいることが分かった。男か女か見分けはつかないが全員が裸である。

彼らはときどき窓辺にやってきては大きく両手を広げたり、バレリーナのように片足をあげたりした。対岸から覗いている人間がいるとも知らず、解放感を楽しんでいる。私は裸で遊ぶ彼らのことを、なぜか羨ましく思った。

あのラブホテルは、三途の川の向こう岸にそびえる巨大な墓石だ。そして墓石の側面に開いた窓が天国への入り口である。煌々と漏れる光の向こう側で人々は裸になって自由に暮らしている。

「なんか面白いもんでも見ゆっとね」

顔を上げると見知らぬ男が横に立っていた。汚れたウインドブレーカーを着た色黒の男だ。髪も髭も伸び放題で頭全体が大きな黒い毛玉のように見える。ホームレスなのだろうと思った。

川沿いの公園には備え付けのベンチや水道があり、その周辺にホームレス達がコロニーを作って暮らしている。彼らはいつもテントの周りに集って酒を飲み、大声で笑い、シケモクを吸い、呂律の回らない声で喧嘩をしていたりする。私は側を通るたびに、彼らを海賊のようだと思った。彼らの生活は豪快に開かれ、悲愴感のようなものはひとつもない。家がないということは、それほど大したことではないのかもしれなかった。

目の前の男は酔っているようだった。片手にはワンカップを持ち、もう片方の手には丸めたスポーツ新聞を持っている。私が黙っていると、筒状になった新聞紙を望遠鏡のように覗きこんで対岸を眺めながら「なんが見ゆっとね」と、同じ質問を繰り返した。私は例の窓を指差して適当に「天国の入り口」と答える。

「なんが天国の入り口かあ、面白いこと言いよる。中洲に天国があるっちゃあ、あんたも洒落とうばい。俺も連れていって欲しかあ」

男は虫歯だらけの歯を剝き出しにして笑った。そしてなんの遠慮もなく私の隣に腰掛ける。私は男の馴れ馴れしさを鬱陶しく思いながら、同時に気楽さも感じていた。名前も素性もわからない相手との無責任な会話。

「ちっと分けてくれんね」

男はヘラヘラと笑いながら私のビールを指差した。微かな嫌悪感と同情を感じつつ空のワンカップにビールを注いでやる。男は久しぶりだと言いながら、うまそうにビールを飲んだ。

そのとき、私はなぜか父と酒を飲んでいるような気がした。私達は今、川のほとりに並んで一本の缶ビールを分けあっているのだ。

苦い酒を飲んでいるはずなのに、私の口の中には懐かしい甘さが蘇っていた。それは遠い昔に父と行った海で食べた、ソフトクリームの味だ。自分自身がまともな大人になれないことを予感した日の残念な甘さ。

結局、私の人生は父の死に向かって収束してゆくのかもしれない。少女時代の美しい怒りは、父と一緒に死んでしまった。そして父の死と同時に、どうしようもない今の私が生まれたのだ。情けないことに全てが父の死に捕らわれている。

「ねえ、もう私なにをやりたいんかよう分からん。なんか焦るのに、なんもできん」

「えらい真面目に考えよるたいね」

「だって夢くらいあったほうがいいやん。こうやってグズグズ酒飲んで暮らすより」

「夢ねえ、夢げな持つけん人間は腐るとばい」

「どうして」

「普通に生きていかれん者がなにを高望みすっとか。飯が食えて、酒が飲めて、毎日布団で寝れりゃそれで充分やろが。だいたいね、世の中ん馬鹿どもは特別になろうとして失敗するったい。最初からダメでよしと思いながら生きていかにゃ」

「やっぱ私もクズなんかな」

「さあ、クズちゅうのは血統だけんね」

「じゃあ血統書つきのクズやわ」

私は声を出さずに笑い、ベンチから立ち上がる。少し一人で歩こうと思った。

「酔うたなら残りは俺が飲んでやるばい」と上目遣いで笑う男に、余っていた数本のビールを袋ごと渡した。ビニール袋を受け取った男の右手に、五本の指がきちんと揃っているのを見て、その男が父であるはずがないことを思い知る。


どうして指のことを忘れていたのだろう。あれほど大きな父の特徴を、この瞬間まで自分が忘れていたことに驚いた。

父の右手には、親指以外の四本の指がなかった。

それらは根元からないわけではなく、どれも第二関節のあたりで途切れているのだ。それぞれの切断面は、時を経て滑らかに閉じていた。

子供だった私は、指がない理由を何度も父に尋ねた。しかし父が教えてくれる話は毎回内容が違っていて、結局どれが本当の話かわからないのだった。

ホオジロザメとの死闘の結果食いちぎられたこともあれば、悪いことをした罰として母親によって鉈で切り落とされたり、漢の落とし前として手動の裁断機で切り落とされたりもした。

　父の話は、童話的でありながら妙に生々しく、聞いていて飽きなかった。結局のところ私にとっても真実などどうでもよかったのだ。スリルに溢れた父の作り話は、いつも好奇心を満たしてくれた。

　指がないことで父が不自由していたという記憶はない。塗装業を営んでいた父は、当たり前のように右手で刷毛を持ちペンキを塗っていたし、一番の趣味はゴルフだった。長い年月をかけて短い指にうまく順応し、使いこなしていたのだと思う。

　リビングで晩酌している父が、ピスタチオの殻を割るときの手慣れた仕草を思い出す。私は隣に座り、父が割ったあとの殻を掌に載せてサラサラと弄んでいた。

　天球状にカーブした固い殻は、人間の爪に見える。

　私は、つるりと丸まった父の指先にそっとピスタチオの殻を載せてやった。四つ並んだ新しい爪を見て「サンキュー」と父が笑う。

　涼しい夜風にあたりながら、ゆっくりと川沿いを歩いた。

忘れていた家族の記憶が次から次へと蘇ってくる。

まだ幼かった弟の誕生日。

毎年弟の誕生日には私の手作りケーキが恒例となっていた。

手作りと言っても本格的なものではない。あらかじめ焼き上がったスポンジに、クリームを塗ったり、果物を載せたりするだけの簡単なものだ。

小学生だった私は料理やお菓子作りなど女の子らしい趣味に目覚めつつあったので、誕生日ケーキを任されるのは光栄なことだった。

夕食の準備をしている母を背に、ダイニングテーブルでせっせと生クリームを泡立てた。弟は、なにをするにも私の助手だったので、隣で苺のヘタを取っていた。

二段にスライスしたスポンジの間にこんもりとクリームをのせ、缶詰の桃やみかんを挟んだ。それから、ナイフを使って全体を包むようにクリームを塗っていく。この作業は人の顔に白粉を施すような楽しさがあった。

不格好ながらもケーキの土台ができあがり、飾りつけの段階になると、私の胸はいっそう高鳴る。絞り金から生クリームを落としてゆく、あの緻密な作業こそケーキ作りの醍醐味だ。

宮殿のような白いツノを丁寧に並べて円を描いた。上から苺を載せる場所には多めにクリームを絞る。そうしておけば、苺を載せたときにクリームがクッションのように広がって、お地蔵さんが乗っている蓮の花のようにふんわりと可愛らしい台座になるからだ。

美的感覚を研ぎすまして慎重に飾りつけている私を、いつの間にか隣で父が見ていた。声をかけてくるでもなく、腕を組み険しい眼差しで私の手元を凝視している。仕事がえりの作業着から漂ってくる汗と有機溶剤の匂い。

父が私のやることに興味を持つなど珍しいことだったので、私はにわかに緊張し、クリームを絞る手が震えた。

「縮こまるな」

と、父は言った。緊張を見透かされて耳が熱くなる。私は心を落ち着かせるために大きく呼吸してから、ぽつんと丁寧にクリームを落とした。

「だけんダメやち言いよろう。小まくまとまったら面白ない。もっと大きく描け」

「大きく？」

「そうたい。綺麗なだけじゃつまらん。どら、お父さんに貸してみ」

父はそう言うと、私の手から絞り金を取り上げ、皿を回転させながらケーキの側面に美しい波模様を描いた。

「すごい」

それは一瞬の出来事だった。押し出されたクリームが素直に壁に吸いついてゆく様子、絞り金を上下させる大胆な手つき。鮮やかな父の芸当に私はただ感動した。そもそも私はケーキの上面ばかりを気にしていて、側面を飾るという発想がなかったのだ。

そして、使い古したクレヨンのように短い父の指が、優雅なクリームの波に赤い苺を飾り付けてゆく。左右対称の法則を破り、ランダムに力強く配置された苺が私の平凡な美意識を打ち砕いた。

「上手くやるコツはな、とにかくダイナミックにいくことや。分かったか?」

出来上がったケーキを満足そうに眺めながら父は言った。私は頷く。ダイナミックにいくということは、ケーキに留まった話でないのだろうと思った。それはたぶん、生きることや死ぬことと繋がっている。

私の隣に立ったまま、父が煙草に火をつけた。「台所はやめて」と母が振り返っても、お構いなしだ。不揃いな指で器用にライターを扱い、炎に顔を寄せる。

火を吸い付けるときの、ぽっという乾いた唇の音。「もう」と諦める母の声。顔をしかめた父がドラゴンのようにゆっくりと煙を吐き出す。土のような、鉄のような、セブンスターの匂い。父は死んだ。そのことが今、ようやく理解できた。父の中に住んでいた理想の悪も死んでしまった。

※

川沿いを歩いているうちに、随分と遠くまで来ていた。中洲の喧騒ももう聞こえない。いつのまにか足元の石畳も途切れて土の小道に変わっていた。

踏み固められた地面がしっとりと夜露に濡れているのを靴底に感じながら歩く。私はポケットから携帯電話を取り出し、ほとんど無意識のうちに実家へと電話をかけていた。

数回目のコールで母がでた。「はあい」という呑気な返事。私だと言うと母は驚いたように声をあげた。

「どうしたん、久しぶりやないね」

「なんもないいんやけどね、なんとなくかけてみた」

「へえ、珍しか」

母の声は、からりと明るく元気そうだ。そういえばこうして誰かと電話で話すのは何ヵ月ぶりだろう。

せっかく電話したのだし、なにか話そうと思うのに、次の言葉がなかなか出てこなかった。話すべきことがありすぎる気がする。

母は、電話の向こうで待っているようだった。母の沈黙があまりにも優しくて、私は胸が一杯になる。しばらくして母は一言、「元気？」と聞いてきた。

「元気よ」

私はほとんど息だけの掠れた声でそう答えた。携帯電話を耳に当てたまま来た道を振り返る。そこに母が立っているような気がした。けれど、そこには街灯もない真っ暗な一本道が続いているだけだった。

うまく言葉を繋げずにいる私の代わりに、母が庭のレモンの話をはじめる。

十二年前に植えたレモンの木は、今年も盛大に実っているらしい。枝がたわむほどずっしりとした実がたくさんついたので、収穫したそばからご近所に配って回ったのだが、それでもあまるほどなのだそうだ。

母は饒舌に語り続けた。私に言葉を求めることもなく、物語を読むように淡々と明るく話しをした。まるで語ることで私を癒そうとしているみたいに。

「そうだ、今年はリモンチェッロでも漬けてみようかね。あんたお酒好きやし、ちょうどいいわ。綺麗に洗って、輪切りにしてね、どっさりお砂糖入れてお酒にするんよ。美味しいよ。それから……」

「帰りたい」

母の話を遮ってそう言った。老人のようにしゃがれた小さな声だった。自分でもそんな言葉が出てくるとは思っていなかったが、気付けば、何度も帰りたいと繰り返していた。

木枯らしが辻風(つじかぜ)をつくるように、声にならない声で何度も何度も叫び続けた。無音の叫びが喉の奥でこすれて熱い。涙が、はらはらと静かに落ちた。

母には私の言葉が聞きとれているのだろうか、

「レモン、こんなに立派に実っとるんやけ、今のうち見とかなもったいないよ」

と電話の向こうで明るく笑った。

果実

久しぶりに実家に帰ると、やけくそで植えた家庭崩壊の記念樹はますます大きく育っていた。

誰に大切にされるでもなく勝手に大きくなり、放ったらかされていた恨みのようにわんさか実っている。寂しい思いを果実にしたら、こんなに綺麗な色になるのか。きっとこの木は知っていたのだ。どんなに叫んでも世界は変わらないことを。私の家族が終わっても変わらない。私の心が壊れても変わらない。だから、自分自身のためだけに鮮やかに実っているのだろう。

レモンを一つ引っ張ってみる。果実を奪われまいとしなる枝から力任せに実を捥(も)いだ。その拍子に、枝全体がびゅんと振り切れ鞭のように私の手を打つ。

「痛っ」

頑丈な棘が手の甲を裂いて一本の切り傷を作っていた。乾燥した私の皮膚からぷっりと膨れ上がる宝石のような血の玉。私はその玉がゆっくりと大きくなってゆく様をじっと観察した。

父と母から半分ずつ受け継いだ血。私の中の半分は、父から受け継いだクズの血統なのだ。年を経るごとにそのことを認めざるを得なくなっていた。私はなにもかもあの人にそっくりだ。

反対の手で握りしめていたレモンの実から、ふわりと芳香が立ち昇ってくる。知らず知らずのうちに握る手に力がこもっていたらしい。皮の細胞が弾け、匂いの粒子が飛び出すときのほんの微かな音と手応えが好きだ。

掌で果実の重みを感じてみる。そしてしばらくボールのようにぽんぽんと弄んだ。ずしりと凝縮したレモンの重さは私の心臓と同じ重さだ。

どうしてここへ帰ってきてしまったのだろう。大きなレモンの木の前で私は途方に暮れていた。

私には死人の恨みかたが分からない。
私には死人の許しかたも分からない。

あとがき

「まだ読んどらんよ」

と、弟は電話の向こうで笑った。

私小説『檸檬の棘』が刊行されてから約二年半の月日が経っている。もちろん、単行本は弟の元にも届いているはずだが、まだ読んでいないと言うのだ。

キッカケがない、とのこと。自分の家族の話が書かれている（しかも姉の手で）と思うと、恥ずかしいような怖いような気がして気軽には開けないと言った。

今回、文庫化に伴いどのようなあとがきを書こうかと話していたところ、担当さんから「弟さんはどう思っていたのでしょうね」と尋ねられた。

それはそのまま私の疑問でもあった。

同じ血をわけ、同じ家に生まれ、同じ経験を経た弟。彼の視点から家族はどのように見えていたのだろう。離れて暮らす時間が長かったせいか、私と弟は家族についてじっくりと話をしたことがなかった。


本作の時系列はおおよそ事実通りに書かれていると思う。

私たちの年齢は五つ違っているうえに、小学校卒業と同時に私が寮に入ったから弟と一緒に暮らした期間は七年間しかない。両親が離婚したのは私が十四歳、弟が九歳の時だった。私たちは別々の場所で家庭崩壊を経験し今に至る。

現在、私は三十五歳、弟は三十歳。文字に起こしてみて驚く。あの弟が三十歳！

不思議なことに、私の夢に出てくる弟は、今も七歳くらいの姿のままだ。私のことを「なーちゃん」と呼び、何をするにも私の後ろをついて回るあどけない姿の弟。

「もう、いいオッサンですわ」

夢の話をする私に、弟はわははと相槌を打った。電話口から軽やかな氷の音がして、彼が酒を飲みながら話していることを知る。

「また飲みよん。まだ昼よ」

「休みの日くらい昼から飲まにゃね。唯一の楽しみやっちゃから」

弟も私も酒が好きだ。暇さえあれば飲んでいる私たちを、母はいつも「ほどほどにしなさいよ。アル中の血筋なんやから」と冗談半分にたしなめる。そう、私たちの酒好きは紛れもなく父から受け継がれたものだ。

話すなら今だと思った。別に父親の話題を避けていたわけでもないし、今となっては自分たちの育った家庭環境はさほど深刻なものだったとも思わない（むしろ、母子家庭の中ではかなり恵まれた生活を送れたほうだと思うし、それが母の努力と愛情によってもたらされたことに大変感謝している）。

私は純粋に興味があった。父親がどんな人間だったのか、そして私たちを捨てた理由について。文庫本のあとがきにかこつけて、弟の知っていることを遠慮なく聞ける機会など今後あるはずもない。

「親父のこと、恨んどる？」

「いや、恨んではないね」

弟はケロリと答えた。即答だ。

「なんで？」

「なんでって言われてもねえ。なんでやろかね」

弟は笑った。弟はよく笑う。そういえば、弟が泣いている姿は、本文に書かれている幼少期の日と、数年前に弟の友人が自死してしまった夜の二回しか見たことがない。私と違って根本的に明るく、楽天家なのである。

「じゃあ悲しかったことは？」

「そやね、あえて言うなら家族四人で飯に行ってみたかったね」

そう言われて気付いた。確かに、家族で外食した思い出がないのだ。どこかで一度くらいはあると思ったけれど、やっぱり四人で一つのテーブルを囲んでいる姿というのは記憶にない。

本文には家族旅行のシーンがあるが、あの部分はフィクションだ。当たり障りのないシーンでわざわざフェイクの家族旅行を書いたのは何故だろう。

きっと私は思い出が欲しかったのだ。弟が家族団欒の外食を思い描いたように、普通の家族が持っているような当たり前の思い出が欲しかった。叶わなかった願望を、自分の作品の中で無意識に実現していたなんて、我ながら可哀想に思える。

「いっつも三人やったね。お母さんと」

「うん。回転寿司もファミレスも、旅行も、運動会も、卒業式も、全部お母さんだけやった」

「そう考えると、やっぱうちのお母さん強いっちゃね」

「あの人は強いばい」

二人で声を上げて笑った。母の鉄人ぶりを讃えるとき、私たちはとても幸福な子供でいられる。

何でもいいから父について覚えていることを話して欲しいと言うと、弟はしばらく考えてから「そういえば」と口を開いた。

「離婚してしばらく経ってからかな、親父の住んでた倉庫に遊びに行ったことがあったとよ」

父は家を出てからしばらく、もと自宅から徒歩十分ほどの場所に所有していた仮設倉庫のようなところに住んでいた。元は塗装業を営んでいた父が塗料や有機溶剤の一時保管場所として使っていた建物だ。

私はその外観しか知らない。確かに広さは十分あったかもしれないが、出入り口はシャッターだし、有機溶剤の盗難を防ぐため（当時は非行少年によるシンナーの盗難被害が多かった）全ての窓に鉄格子が付いており、人の住むような作りではなかったと記憶している。

あんな場所に父が暮らしていたと思うだけでも侘しいが、弟がそこに遊びに行っていたというのにも驚いた。

「倉庫の中にはベッドとテレビくらいしかなかったけどね、壁が凄かったんよ」

「壁？」

「うん。壁一面に薔薇(ばら)の花が描いてあった。親父が自分で描いたんやと思うわ」

父は部屋の壁を真っ赤な薔薇の花で埋め尽くしていたというのだ。ペンキで描かれた大輪の薔薇は、驚くほど写実的で美しかったと弟は言った。

想像もしていなかったエピソードに言葉も出なかった。仕事にも行かず、家庭も捨てた人間が、薔薇に囲まれて倉庫で仮暮らし？　一体どういうつもりで父は薔薇を描いたのだろう。

悲惨な現実にせめてもの逃げ場を作りたかったのか、それとも父には現実なんてものは少しも見えておらず、ただ心の底から優雅な人間だったのだろうか。灰色の壁に向かって無心で筆を走らせる父の姿を想像すると、鼻の奥がツンと痛んだ。

「なーちゃんはそういうとこ似ちょるよ、親父に」

「薔薇の花を描くような奴と？」

「そう。意味の分からんところでアートに走るところとか」

「私はあそこまで頭おかしくない」

反論すると、弟はまた大声で笑った。

弟は、よく私のことを宇宙人とからかう。別々に育ったから互いのことをよく知らないというのもあるだろう。弟の目に私は「自由奔放で破天荒な姉」と映っているらしい。

実家で暮らしながら地元の学校に進学し、地元の会社に就職した弟からすれば、確かに私の生き方は破茶滅茶に見えるかもしれない。

どんどん遠い場所へと移り住みながら進学し、大学では文学の研究にも没頭した。卒業後、市役所に就職して落ち着いたかと思えば、一年少しで辞めて東京へ出た。音楽家になるために。

好き勝手に生きていると自分でも思う。私が大きな決断をするのは誰かのためではなくて、いつも自分のためだ。

しかし、弟は違う気がする。地元に残ったことも、未だに実家に住んでいるのも、弟だけの意思で決めたこととは思えない。同居する母と祖母にとって唯一の男手であることを自覚しているはずだし、弟が家に残ることと引き換えに私に自由をくれたような気もしている。

謝るようなことでもないけれど、私には弟の人生を犠牲にして自由を謳歌しているような後ろめたさがある。そのことについて率直に尋ねてみようと思った。

「県外に出てみたいとか思ったことないと？」

「まあ、なくもないけどね」

「私ばっかり好きなことしとって狡いとは思わんかった？」

「別に思わんよ。なーちゃんはどこまでもぶっ飛んでいけば良いし、俺は俺で割と好きに生きちょるし。そういえば、俺今年で三十になるやん。だから、自分のやりたいことやろうって思っちょるんよ」

「何したいん」

「ふっふっふ。音楽と小説」

「ぎゃあー！」

大声で叫んでしまった。

なんと、弟のやりたいことは私と全く同じ道だったのである。私は咄嗟に止めようとした。自分は音楽と小説で食っているくせに、同じ世界に飛び込もうとする弟を全力で阻止する構えだったのである。

落ち着いて話を聞けば、別に音楽と小説を仕事にしたいという訳ではないらしい。

ホッとした。

学生時代にやっていたバンド活動を思い出し、趣味として音楽を作ってみたいそうだ。うんうん、お姉ちゃんはそれが良いと思う。

小説の話は面白かった。そもそも、私は弟が文学に興味を持っていることさえ知らなかったし、まさか作る側になろうとしているとは思いもよらなかった。弟の書く文章といえばメールの遣り取りくらいでしか見たことがなく、彼の文体やジャンルの想像がつかないのだ。

「俺ね、ここ何年も欠かさず夢を記録しちょるんよ」

「夢?」

「そう。毎朝起きるやろ、そしたら見た夢を忘れんうちにメモると。辻褄が合わんかったり、非現実的やったりしても構わんから、とにかく覚えてるうちに全部文字にして残しちょくんよ」

「えーっ! それ、姉ちゃんもやっちょるよ!」

「やっぱ姉弟やねえ。やること同じやん。そしたら話は早いけどさ、夢って長く記録してるとピースとピースみたいなのがハマるときない? あ、これ一昨日の夢の続きじゃない? とか、前もここに来たことあるなとか」

「ある！　ランダムに見えて実は規則性があったりする！」

「そうなんよね。俺、それを沢山見つけて物語にしたらいいんやないかと思って」

「おもしろい！　読みたい！」

「いや、まだ書いちょらんて」

「待てん！　夢のメモで良いから読ませてよ！」

「嫌よ、まだ恥ずかしいて」

興奮する私を弟は必死になだめた。

日記を付ける習慣がある私にとって、夢日記はひとつの楽しみというか、自分だけのためのシュールな連載みたいな感覚だった。昔から何度も同じ夢を見るほうなので、夢の世界の地理も出来上がりつつある。あちらの地図を描いてみたりして一人で楽しんでいたのだ。

まさか弟も同じ感覚だったなんて。今更明らかになった共通点が嬉しくて、とにかくメモを見せろだの印象的だった夢を話して聞かせろだのと騒がしく盛り上がった。

「姉ちゃんね、夢で行きつけの居酒屋があるんよ」

「何それ、ウケるね」

「その向かいはネパールカレー屋よ。あんたの街は？」

「俺の街には馬ヶ背（うまがせ）（地元にある観光地。切り立った崖の下に海が広がっている）があるばい」

「へえー、そっちは少し現実とも繋がっとるんやね」

夢の中の話というのを別にすれば、ちょっとした近況報告で盛り上がっている姉弟に見えるだろう。電話口で大笑いしながら私は嬉しく思った。

友達でも恋人でも先輩後輩でもなく、姉と弟としての繋がりをその時確かに感じたのだ。離れて暮らし、対極的な人生を送っていても、やはり我々には揺るがない共通項がある。抽象的だし感覚的だし、「ああそのくらいのことか」と人には思われるかもしれないけれど、私たちは檸檬の木を植えたあの日と変わらずきちんと姉弟なのだ。

※

父が末期の大腸癌と分かってから、私は著しく情緒不安定になった。あれは私が二十四歳の頃だ。

父と決別してきっかり十年の月日が経っていたが、その間私は「父との確執を糧（かて）にして強くなった私」という人格を確立しつつあった。私はクソったれな父のお陰で自分が逞しく育ったと思っていたし、父を捨てて強く生きようとする自分こそ愛おしく思えた。

病床の父が私に会いたがっているという話を聞いたとき、怖くて体が震えたのを覚えている。彼は死のうとしているのだ。自分の間違いを認め、捨てた娘に懺悔し、もしくは十年間の成長を目に焼き付けて旅立とうとしている。

あの時、会いに行くべきだったのかどうか今でも分からない。けれど、三十五歳の今だったら案外素直に会いに行ったかもしれないと思う。いや、『檸檬の棘』を書き終えた今だからこそ会いに行けるのかもしれない。それじゃ結局駄目だと気付く。

弟は父の闘病を見ていた。時々見舞いにも行ったそうだし、当時の父を取り巻く人間関係や経済状況なども私より遥かに詳しく知っている。

「親父とどんなこと話したん？」

あの時期の話をするのは少し怖かった。一方で知っておくべきだとも思う。現実を直視できずに逃げ続けた私の代わりに、弟はずっと見続けてきたのだ。

自分を捨てた男が目の前で弱っていく姿を。

「入院してからはもうあんまり話もできんやったよ。かなり痩せて、食事も口からは食べれんやったし、腹には人工肛門つけてね」

「………」

「自分の力じゃもう目も閉じれんなってたわ。見舞いに行ってずっと見てると、時々目の前で手を振るんよね。顔の前でパタパタ仰ぐように。最初は意味が分からんかったけど、後から知ったわ。モルヒネの幻覚で虫が見えるんやって」

「虫？」

「そう。目の前に羽虫みたいのがウワーッと飛んでるって言うんよ。実際何もおらんのやけどね、最後の方は常にモルヒネ打ってたから、そういうのが見えてたらしい」

私は笑った。どうして自分が笑っているのか分からなかったけれど、このショックを弟に悟られてはいけないと思った。私はもう軟弱な思春期の少女ではないのだから。

『檸檬の棘』の執筆中、私は何度か精神分析を受けている。それは小説のための取材であり、自分の知らない自分を発見するための手段でもあった。

ロールシャッハテストに始まり、画用紙に描いた木の絵から精神状態を見るバウムテスト、一般的な精神分析テスト、カウンセリングなどを通して深層心理や過去のトラウマなどを洗い出すという試みだ。

テストの類は実に興味深かった。元から興味のある分野だったし、自分の性格や精神状態を知れるとあって、軽い心理テスト程度の気持ちで楽しみながらこなすことができた。

問題が発生したのはカウンセリングが始まってからだ。カウンセラーの先生と個室に入り、一対一で話をする。先生は感じの良い女性の方で、年齢も近くとても話しやすい人だった。

幼少期の一番古い記憶から順を追って話してくださいと言われ、私は時々思い出す時間を貰いながらゆっくりと話を始めた。時折、内容に対する質問があったりしつつ、ゆっくりと振り返っていくのでカウンセリングは日を分けて何度か続いた。

カウンセリングの内容が中学校時代に差し掛かったあたりのことだ。何故か眠れなくなった。

日中は仕事もあるし、それに加えて日課の運動もこなして体は疲れているはずなのに全く眠れない。妙に頭が冴え、学生時代の恥ずかしかった出来事や失敗をぐるぐると思い出し続ける。

一睡もできないまま朝を迎え、翌日の昼間にどんよりと過ごすことが増えた。もちろん執筆は捗らない。

その時点ではカウンセリングが原因だとは思い付きもしなかった。まあこういう時期もあるっしょ、と酒を飲んだりしてごまかしつつ小説を書いた。

ある日のカウンセリング中、話の内容が中学二年生に差し掛かったとき、突然気分が悪くなった。吐き気が込み上げ、それを我慢するのに精一杯で声が出せない。様子を見ていた先生からすぐに中止を言い渡された。

部屋から出るとすぐに気分は落ち着いたので、続けられそうだと訴えたが却下された。また日を改めてやれそうなら連絡してくださいと言われ、その日は大人しく家に帰った。

そして、そのまま二度とカウンセリングに行けなくなった。理由は本当に分からない。いや、理由は明確なのだが自覚がないと言うべきか。正直、ここまで拒絶反応が出る意味が分からなかった。

私は誰に書かされる訳でもなく、自らの通過儀礼として『檸檬の棘』を書くことに決めたのだし、私小説を書くのなら自分の深層心理を抉ることなど作家として当然だと思う。この程度で根をあげる自分が許せなかった。

※

「俺ねえ、親父と約束しちょったことがあったとよ」

「なに？」

「いや、大したことじゃないっちゃけどさ。俺が二十歳になったら焼肉行こうやって。で、二人で酒飲もうやって言われた」

「へえ、そうなん」

「でもね、そん時もう癌やったんよ。絶対助からんって分かっちょったし、そもそも焼肉もなにも、もう胃瘻になった後やったし」

「うん」

「でも俺、そん時十九やったから、もしかしたら間に合うかなとか思って。焼肉屋に行くだけでもできるんやないかなって」

「うん」

「そしたら俺の誕生日の一ヵ月前に死んだ。あとちょっとやったんやけどな。でさ、親父が最期に言った言葉なんやったと思う？」

「分からん」

「頑張れよ、って。俺、初めて言われたと思うわ。親父から応援されたことなんか一回もなかったもん」

「いや、お前が頑張れだよな。その状況」

私は茶化した。弟は「ほんとほんと」と同調して笑ったが、私にこの話をしたということは、やはり父の最期を伝えておきたかったのかもしれないし、もしかするとその痛みを共有したかったのかもしれないと思った。

きっと臆病者の姉ちゃんがこの話を受け止められるようになるまで待っていたのだ。今日こそ受け止めようと思った。勝手にひとりぼっちになった気で思春期を拗らせ続けていた私だが、弟を前にしてまた逃げる訳にはいかない。

ずっと心に引っかかっていた事。父の葬儀について話を振った。葬式をすっぽかした私の代わりに弟は一人で参列した。最低なことに私は、弟にどんな気持ちだったかと尋ねたことも、謝ったこともない。

「親父の葬式、どうやった?」

「どうやったってどういうこと?」

「いや、私行かんかったやん。一人で気まずくなかった?」

「んー、別に? なーちゃんは出らんやろうなと思ってたし」

「分かってたと?」

「うん。そんな気はしちょった」

「あんた凄いね。でも、嫌やったろ? 色々押し付けられて」

「俺ね、特に何も考えてなかったとよ。まあ、出る人おらんけん、俺が出るしかないよなーって感じ。親父も一人くらい自分の子供が弔ってくれんと浮かばれんやろなーって」


圧倒されて声も出ない。弟の口調は朗らかなままで、本当に何も気にしていないと思わせるものだった。私は謝ることすらできず、ただ彼の大人びた態度に感服するだけだ。

電話の向こうからカラコロと氷の音がして、ふと時計を見ると一時間以上も経っていた。父のことだけならず、互いの歩んできた道について空白を埋めるようにひたすら話し続けた。知れば知るほど弟は私に似ているし、全然似ていない。互いを内包していると感じたり、やっぱり宇宙人だと感じたりもした。

そろそろ電話を切ろうかというとき、私は弟に最後の質問をした。

「あのさ、家のことで病んだことある？」

「ない」

即答だった。

「一度も？」

「うん。人生で一度も病んだことない」

きっと弟はこのあとがきも読まないだろうから書くけれど、これを書いている今も、やっぱりあれは弟の優しい嘘だったのだと思う。

本書は、二〇一九年十一月に小社より単行本として刊行されました。

|著者| 黒木 渚　宮崎県出身。大学時代に作詞作曲を始め、ライブ活動を開始。文学の研究にも没頭し、大学院まで進む。2012年に「あたしの心臓あげる」で歌手デビュー。2014年からソロ活動を開始。2017年にアルバム『自由律』限定盤Aの付録として書き下ろされた小説「壁の鹿」を、『本性』と同時に刊行し小説家としての活動も始める。他の著書に『鉄塔おじさん』『呼吸する町』『予測不能の1秒先も濁流みたいに愛してる』などがある。

檸檬(れもん)の棘(とげ)

黒木(くろき) 渚(なぎさ)

2022年6月15日第1刷発行

発行者——鈴木章一
発行所——株式会社　講談社
東京都文京区音羽2-12-21　〒112-8001
電話　出版（03）5395-3510
　　　販売（03）5395-5817
　　　業務（03）5395-3615

Printed in Japan

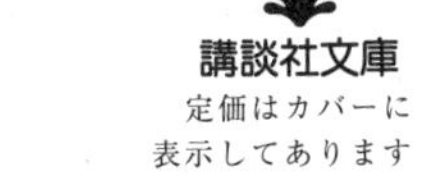

定価はカバーに
表示してあります

デザイン—菊地信義
本文データ制作—講談社デジタル製作
印刷———株式会社KPSプロダクツ
製本———株式会社国宝社

ISBN978-4-06-528038-6

講談社文庫刊行の辞

二十一世紀の到来を目睫に望みながら、われわれはいま、人類史上かつて例を見ない巨大な転換期をむかえようとしている。

世界も、日本も、激動の予兆に対する期待とおののきを内に蔵して、未知の時代に歩み入ろうとしている。このときにあたり、創業の人野間清治の「ナショナル・エデュケイター」への志を現代に甦らせようと意図して、われわれはここに古今の文芸作品はいうまでもなく、ひろく人文・社会・自然の諸科学から東西の名著を網羅する、新しい綜合文庫の発刊を決意した。

激動の転換期はまた断絶の時代である。われわれは戦後二十五年間の出版文化のありかたへの深い反省をこめて、この断絶の時代にあえて人間的な持続を求めようとする。いたずらに浮薄な商業主義のあだ花を追い求めることなく、長期にわたって良書に生命をあたえようとつとめるところにしか、今後の出版文化の真の繁栄はあり得ないと信じるからである。

同時にわれわれはこの綜合文庫の刊行を通じて、人文・社会・自然の諸科学が、結局人間の学にほかならないことを立証しようと願っている。かつて知識とは、「汝自身を知る」ことにつきていた。現代社会の瑣末な情報の氾濫のなかから、力強い知識の源泉を掘り起し、技術文明のただなかに、生きた人間の姿を復活させること。それこそわれわれの切なる希求である。

われわれは権威に盲従せず、俗流に媚びることなく、渾然一体となって日本の「草の根」をかたちづくる若く新しい世代の人々に、心をこめてこの新しい綜合文庫をおくり届けたい。それは知識の泉であるとともに感受性のふるさとであり、もっとも有機的に組織され、社会に開かれた万人のための大学をめざしている。大方の支援と協力を衷心より切望してやまない。

一九七一年七月

野間省一

講談社文芸文庫

藤澤清造　西村賢太 編・校訂

狼の吐息／愛憎一念

藤澤清造　負の小説集

解説・年譜＝西村賢太

貧苦と怨嗟を戯作精神で彩った作品群から歿後弟子・西村賢太が精選し、校訂を施す。新発見原稿を併せ、不屈を貫いた私小説家の〝負〟の意地の真髄を照射する。

ふN1
978-4-06-516677-2

藤澤清造　西村賢太 編

根津権現前より

藤澤清造随筆集

解説＝六角精児　年譜＝西村賢太

「歿後弟子」は、師の人生をなぞるかのようなその死の直前まで諸雑誌にあたり、編集・配列に意を用いていた。時空を超えた「魂の感応」の産物こそが本書である。

ふN2
978-4-06-528090-4

倉阪鬼一郎 八丁堀の忍(三)〈遥かなる故郷〉
倉阪鬼一郎 八丁堀の忍(四)〈隻腕の抜け忍〉
倉阪鬼一郎 八丁堀の忍(五)〈討伐隊、動く〉
倉阪鬼一郎 八丁堀の忍(六)〈死闘、裏伊賀〉
黒木 渚 壁の鹿
黒木 渚 本性
久坂部 羊 祝葬
黒澤いづみ 人間に向いてない
久賀理世 奇譚蒐集家 小泉八雲〈白衣の女〉
雲居るい 破蕾
決戦!シリーズ 決戦!関ヶ原
決戦!シリーズ 決戦!大坂城
決戦!シリーズ 決戦!本能寺
決戦!シリーズ 決戦!川中島
決戦!シリーズ 決戦!桶狭間
決戦!シリーズ 決戦!関ヶ原2
決戦!シリーズ 決戦!新選組
小峰 元 アルキメデスは手を汚さない
今野 敏 ST 警視庁科学特捜班 エピソード1〈新装版〉
今野 敏 ST 警視庁科学特捜班 毒物殺人〈新装版〉
今野 敏 ST 警視庁科学特捜班〈黒いモスクワ〉
今野 敏 ST 警視庁科学特捜班〈青の調査ファイル〉
今野 敏 ST 警視庁科学特捜班〈赤の調査ファイル〉
今野 敏 ST 警視庁科学特捜班〈黄の調査ファイル〉
今野 敏 ST 警視庁科学特捜班〈緑の調査ファイル〉
今野 敏 ST 警視庁科学特捜班〈黒の調査ファイル〉
今野 敏 ST 為朝伝説殺人ファイル〈警視庁科学特捜班〉
今野 敏 ST 桃太郎伝説殺人ファイル〈警視庁科学特捜班〉
今野 敏 ST 沖ノ島伝説殺人ファイル〈警視庁科学特捜班〉
今野 敏 ST 化合 エピソード0〈警視庁科学特捜班〉
今野 敏 ST プロフェッション〈警視庁科学特捜班〉
今野 敏 特殊防諜班 諜報潜入
今野 敏 特殊防諜班 聖域炎上
今野 敏 特殊防諜班 最終特命
今野 敏 茶室殺人伝説
今野 敏 奏者水滸伝 白の暗殺教団
今野 敏 同期
今野 敏 欠落
今野 敏 変幻
今野 敏 警視庁FC
今野 敏 カットバック 警視庁FCII
今野 敏 継続捜査ゼミ
今野 敏 エムエス〈継続捜査ゼミ2〉
今野 敏 蓬莱〈新装版〉
今野 敏 イコン〈新装版〉
後藤正治 拗ね者たらん〈本田靖春 人と作品〉
幸田 文 崩れ
幸田 文 季節のかたみ
幸田 文 台所のおと〈新装版〉
小池真理子 冬の伽藍
小池真理子 夏の吐息
小池真理子 千日のマリア
五味太郎 大人問題
鴻上尚史 あなたの魅力を演出するちょっとしたヒント
鴻上尚史 鴻上尚史の俳優入門
鴻上尚史 青空に飛ぶ
小泉武夫 納豆の快楽

講談社文庫　目録

講談社文庫　目録

- 佐藤さとる　豆つぶほどの小さないぬ〈コロボックル物語②〉
- 佐藤さとる　星からおちた小さなひと〈コロボックル物語③〉
- 佐藤さとる　ふしぎな目をした男の子〈コロボックル物語④〉
- 佐藤さとる　小さな国のつづきの話〈コロボックル物語⑤〉
- 佐藤さとる　コロボックルむかしむかし〈コロボックル物語⑥〉
- 佐藤さとる　天狗童子
- 佐藤さとる 絵／村上勉　わんぱく天国
- 佐藤愛子　新装版 戦いすんで日が暮れて
- 佐木隆三　慟哭〈小説・林郁夫裁判〉
- 佐木隆三　身分帳
- 佐高信　石原莞爾 その虚飾
- 佐高信　わたしを変えた百冊の本
- 佐高信　新装版 逆命利君
- 佐藤雅美　ちよの負けん気、実の父親〈物書同心居眠り紋蔵〉
- 佐藤雅美　へこたれない人〈物書同心居眠り紋蔵〉
- 佐藤雅美　わけあり師匠事の顛末〈物書同心居眠り紋蔵〉
- 佐藤雅美　御奉行の頭の火照り〈物書同心居眠り紋蔵〉
- 佐藤雅美　敵討ちか主殺しか〈物書同心居眠り紋蔵〉
- 佐藤雅美　江戸繁昌記〈寺門静軒無聊伝〉
- 佐藤雅美　青雲遙かに〈大内俊助の生涯〉
- 佐藤雅美　悪足掻きの跡始末 厄介弥三郎
- 佐藤雅美　恵比寿屋喜兵衛手控え〈新装版〉
- 酒井順子　負け犬の遠吠え
- 酒井順子　朝からスキャンダル
- 酒井順子　忘れる女、忘れられる女
- 酒井順子　次の人、どうぞ！
- 佐野洋子　嘘ばっか〈新釈・世界おとぎ話〉
- 佐野洋子　コッコロから
- 佐川芳枝　寿司屋のかみさん サヨナラ大将
- 笹生陽子　ぼくらのサイテーの夏
- 笹生陽子　きのう、火星に行った。
- 笹生陽子　世界がぼくを笑っても
- 沢木耕太郎　一号線を北上せよ〈ヴェトナム街道編〉
- 佐藤多佳子　一瞬の風になれ 全三巻
- 笹本稜平　駐在刑事
- 笹本稜平　駐在刑事 尾根を渡る風
- 西條奈加　世直し小町りんりん
- 西條奈加　まるまるの毬
- 佐伯チズ　改訂完全版 佐伯チズ式「完全美肌バイブル」〈123の肌悩みにズバリ回答！〉
- 斉藤洋　ルドルフとイッパイアッテナ
- 斉藤洋　ルドルフともだちひとりだち
- 佐々木裕一　公家武者信平〈消えた狐丸〉
- 佐々木裕一　逃げた名馬〈公家武者信平㈡〉
- 佐々木裕一　比叡山の鬼〈公家武者信平㈢〉
- 佐々木裕一　公卿の罠〈公家武者信平㈣〉
- 佐々木裕一　狙われた旗本〈公家武者信平㈤〉
- 佐々木裕一　赤い刀身〈公家武者信平㈥〉
- 佐々木裕一　帝の刀匠〈公家武者信平㈦〉
- 佐々木裕一　若君の覚悟〈公家武者信平㈧〉
- 佐々木裕一　くもの頭領〈公家武者信平㈨〉
- 佐々木裕一　宮中の誘い〈公家武者信平㈩〉
- 佐々木裕一　雲雀の太刀〈公家武者信平(十一)〉
- 佐々木裕一　決着の時〈公家武者信平(十二)〉
- 佐々木裕一　狐のちょうちん〈公家武者信平ことはじめ㈠〉
- 佐々木裕一　姫のため息〈公家武者信平ことはじめ㈡〉
- 佐々木裕一　四谷の弁慶〈公家武者信平ことはじめ㈢〉
- 佐々木裕一　暴れ公卿〈公家武者信平ことはじめ㈣〉

2022年 3月 15日現在